지
구
에
서

한
아
뿐

정세랑
장편소설

지구에서 한아뿐

ㄴㄴ > < ㄷㄴ

차례

지구에서 한아뿐

※

작가의 말

※

엄마, 아빠께

아무리 해도 로또가 되지 않는 건

이미 엄마 아빠 딸로 태어났기 때문일 거예요.

1

그러니까 이 모든 일은 결코 한아의 외모 때문에 벌어지지 않았다. 많은 사람들의 추측과는 달리.

어쩐지 친해지고 싶은 호감형이기는 하지만 평일 오후 두 시의 6호선에서 눈에 띌 정도지, 출퇴근 시간 2호선에서는 아무도 눈여겨보지 않을 희미한 인상이었다. 길에서 말 걸어오는 사람들 때문에 피곤한 인생을 살아야 했던 적은 한 번도 없고 본인도 그 점을 다행이라고 여기고 있다.

6개월에 한 번도 손질하지 않는 아무렇게나 늘어진 머리에, 직접 짠 니트와 걸을 때마다 편안하게 접히고 움직이는 긴 치마는 한아의 가게가 있는 서교동 골목의 분위기 그대로였다. 조금 멍하게 걷는 편이었다. 가만두면 정거장이나 역을 늘 놓칠 것 같은 표정으로.

언제나 서교동 근처였다. 의상디자인과를 졸업한 다음, 모두 유학을 갈 거라고 예상했지만 가지 않았다. 대신 모아둔 돈을 다 털어 지구 곳곳의 빈티지 시장을 여행했을 뿐이다. 파리 생투엥 시장에서 시작하여 브뤼셀, 다마스쿠스, 이스탄불, 부다페스트, 예레반, 아스완, 뭄바이, 카슈가르, 베이징, 교토, 뉴욕을 거쳐 돌아왔다. 다른 사람의 눈에는 알록달록한 쓰레기로 보일 듯한 패브릭과 부자재들을 도시에서마다 커다란 소포로 부쳤고, 그후 몇 년 동안 여행하지 않았다. 한아는 여행을 전혀 좋아하지 않았다. 국내에 빈티지 문화가 정착하기 시작하자 더욱 여행할 필요가 없어졌다. 늘 가게에 있다. 버려질 뻔하다 다시 발견된 물건들로 가득한 '환생'에.

환생은 큰길에서 먼 한가한 지역에, 약간 움츠린 듯 보이는 작은 벽돌 건물 일층에 있는 옷 수선집이었다. 수선을 한참 넘어가는 영역으로 들어선 지 오래지만, 딱히 또 수선이 아니라고 하기도 어려웠고 업사이클링이라는 말도 맞긴 맞지만 어쩐지 그러면 큰 단위로 뭔가를 해야 할 듯해서 대충 얼버무리기로 했다. '환생─지구를 사랑하는 옷 가게'라는 간판은, 그래서 직관적인 듯도 아닌 듯도 했다. 창가에는 패 스트패션이 얼마나 기이하고 폭력적인 방식으로 환경을 망 치고 있는지 한아 나름대로 설명해보려고 노력한 팸플릿이 놓여 있었는데 별로 가져가는 사람이 없어서 가장자리가 나 달나달해지는 중이었다. '정말 좋아하는 옷들을 새롭게 만 들어드립니다' 같은 손글씨 포스터들도 작게 벽에 붙어 있 었다. 철저히 소문과 추천으로 굴러가는 사업인데도 망하지 않은 건, 해외에 있는 건물주가 월세를 올리는 걸 까먹은 지 오래이기 때문이었다.

"아, 저기, 친구한테 이야기를 듣고……"

들어오는 손님들은 대부분 그렇게 말을 시작했고, 한아는 손부터 내밀었다.

"어떤 옷을 가져오셨어요?"

"딸 옷들인데, 웬만한 건 다른 사람들 물려줬는데요, 애 가 정말 좋아하던 옷은 나이마다 한 벌씩 보관해왔었어요. 젊은 애가 얼마 전에 수술을 받아서 속이 상해요. 아주 심각 한 수술은 아니었지만…… 힘내라고 이걸 모아서 뭘 좀 만들어줄까 하고요."

"따님이 정말 좋아하시겠어요. 뭘 만들 수 있을지 구상을 좀 해보고 2, 3일 후에 연락을 드려도 될까요?"

좋게 말하면 아주 사적인 데가 있는 가게였고, 나쁘게 말하면 시대착오적이라 할 만큼 생산성은 떨어지는 편이었다. 일이 몰리거나 한가한 걸 조정하기 어려워서, 동양화과 출신의 절친한 친구 유리에게 공간을 일부 내어줬다. 유리는 월세의 3분의 1을 부담하며, 넓은 테이블을 두고 개인 작업을 하거나 팔기 위한 상품으로 대나무 섬유 티셔츠에 난을 치고 새를 그린다. 그건 그것대로 또 찾는 사람이 있다. 매화나 모란이 그려진 캔버스화는 마르기 무섭게 팔렸다. 한아와 유리는 각자의 일에 몰두하다가, 한 사람이 엉망인 음정으로 둘 다 잘 아는 오래된 노래를 부르기 시작하면 합세하거나 둘 다 잘 모르는 신곡의 후렴구만 부르다가 폭소하곤 했다. 웃음, 먼지, 허브 화분과 향초의 향, 재봉틀과 공기청정기 소리가 열두 평 남짓한 좁은 공간에 언제나 가득했다. 한번 환생에 들어선 이는 그 독특한 분위기를 오래 기억하게 되었다. 언젠가 자기 브랜드를 갖게 될 거라고 기대를 한몸에 받았던 한아는 기대했던 사람들을 모조리 배신한 셈이지만, 그 조그만 가게에서 매우 행복하게 일했다.

잔잔하게 이어질 줄 알았던 행복이, 배수구로 빠져나가듯 흔적을 감춘 것은 최근이었다. 늦은 오전, 2호선 전철 안의 한아는 별로 행복해 보이지 않는다. 혼란스러움 그 자체로 한 여자의 얼굴을 빚는다면 딱 이 얼굴이다 싶을 얼굴로, 선반 위의 광고를 오래 보고 있다. 광고들이 아니라 하나의 특정 광고다. 한아와는 전혀 멀어 보이는 국가 안보 홍보 포스터였다.

조금씩 새어나가면 백두대간도 무너질 수 있습니다. 간첩, 산업 스파이를 막읍시다.
— 국가정보원

마치 그 강렬한 글씨체의 포스터가 운명의 지침이라도 되는 듯이 한아는 몇 분째 뚫어져라 보고 있는 것이다. 그런 한아를 사람들이 힐끔힐끔 돌아보기도 했다. 그러나 그들 중 누구도, 한아가 홍대입구역의 공중전화에서 누구나 다 아는 번호 111을 누르리라고는 예상하지 못했을 터였다. 차마 개인 번호로 신고할 수는 없었다. 그럴 확신 따위, 가지고 있을 리 없었다.

"남자친구가…… 이상해요."

한아는 알맞은 형용사를 고르려 애썼지만 '이상하다' 이상의 표현을 찾지 못했다.

"어떤 의미에서 이상하다는 겁니까?"

"위험한 것…… 같아요. 더이상은 이대로 견딜 수가 없어서요."

한아는 어쩐지 울고 싶은 기분이 되었다. 위산처럼 감정이 역류해서 꾹 눌러야 했다.

"진정하시고 상황을 알려주세요."

"그러니까…… 세 달 전이었어요."

2

세 달 전.

들뜬 모습으로 거대한 배낭을 메고 있는 경민을, 한아가 배웅하고 있다. 두 사람은 동갑이지만 어째선지 경민 쪽이 더 어려 보인다. 타고난 유전자 때문인지 선택한 라이프 스타일 때문인지 설익은 참외처럼 동안이었다. 경민을 아는 사람들은 경민이 언제까지 그 상태를 유지할 수 있을지 일부는 그저 호기심으로, 일부는 슬쩍 비틀린 마음으로 궁금해했다. 자외선은 경민에게 유난히 친절했고, 바람은 경민을 즐거워 보이게 하려고 부는 것 같았다. 제대로 가르마가 타 있는 적이 없었다. 각이 잡히도록 옷을 다려 입은 적도 없었다. 칼라와 소매가 해진 피케 셔츠, 작은 나뭇조각 팔찌, 주머니가 구멍 난 카고 바지, 연륜 있어 보이는 트레킹화. 좋은 의미로든, 나쁜 의미로든 언제나 소년 같았다. 언제까지나 그럴 수 있을 것처럼 보였다.

"공항까지 못 나가서 미안해."

별로 미안해하지 않으면서 한아가 말했다. 잦은 배웅은 간절함을 감소시켰다.

"아냐, 금방 다녀올게. 정말 멋질 거야. 이날을 몇 년이나, 몇 년이나 기다렸다니까!"

하지만 넌 동시에 여러 개를 기다렸잖아, 그건 제대로 기다린 게 아니잖아, 하고 한아는 심드렁하게 생각하며 빈말을 보냈다.

"유성우, 나도 보고 싶었는데."

경민과 사귀기 시작한 지 얼마 되지 않았을 때 본 적이 있긴 있었다. 어렵게 가로등이 없는 빈터를 찾아, 추운 땅에 누워서. 그저 하얗고 짧은 선이, 눈이 채 따라가지도 못하는 속도로 여러 개 번지는 하늘을 보았고 그것에 감탄하기보다는 감탄하는 경민에게 감탄했던 기억이었다. 한아는 소화불량과 비슷한 느낌인 서운함의 원인을 찾으려고 노력했다. 올해는 여름휴가를 같이 쓰고 싶었는데, 상의조차 해주지 않아서?

"같이 가자. 너랑 보고 싶어. 앞으로 한동안은 이만한 유성우 없을 거야. 가게 잠시 쉬어도 좋잖아?"

"그렇게 갑자기 갈 수 없어. 손님들과 약속한 날짜를 지키는 게 나한텐 정말 중요한 일이라고. 너는 잘 이해 못하는 것 같지만."

"이해해, 한다니까? 그래도 같이 간다면 정말 좋을 텐데."

그렇게 말하지만 넌 이해 못해. 한아는 속으로 말했고 속으로 말하는 일이 너무 늘어난 것과 가장 많이 쓰는 접속 부사가 '하지만'이 된 것이 신경쓰였다. 오래된 커플이어서일까? 유리의 표현을 빌리자면 '지나치게' 오래된 커플이었다. 서로 겁이 나서 끝내지 못하는 게 아니냐고, 유리는 거르지 않고 말해버리는 편이었다.

"다녀와. 돌아와서 많이 이야기해줘."

두 사람 중 하나는 이 지지부진 늘어지는 배웅을 끝내야 했다. 그런 책임은 어째선지 늘 한아에게 돌아왔다. 한아의 그 말이 출발 신호라고 생각했는지, 경민이 한아의 이마에 짧게 키스하고 달려가버렸다. 키스라고 하기에도 너무 짧은 접촉. 키스라고 발음할 때보다도 짧은. '닿았다'고 생각되는 시점에 이미 다른 방향을 향해 가고 있었다.

"잠깐 뒤돌아보기라도 하면 얼마나 좋아."

경민이 훌쩍 떠난 게 하루이틀 일은 아니었지만, 한아는 그때 분명 어떤 불안을 느꼈다고 기억하게 되었다.

늦게라도 가게에 나가자 기분이 좀 나아졌다. 한아는 재봉틀 주변에 떨어진 자투리 천과 실들을 정리하고 먼지 쌓인 곳들을 닦았다. 점점 폐가 나빠지고 말 거야, 푸념했지만 그래도 새 옷들이 뿜어내는 독한 냄새보다는 낫지 않은가 하는 한아였다. 유리 자리에 떨어진 물감과 먹물 자국은 쉽게 지워지지 않았지만 일단 애를 써보았다. 한 시간 넘게 쓸고 닦아도 시각적으로 큰 변화는 없었다. 무너지기 직전의 상태로 유지되는 혼란스러움과 무질서가 이 가게의 매력이긴 했다.

다시 자기 자리로 돌아왔을 때, 유리가 부스스한 모습으로 들어왔다. 잠을 잘 못 잔 모양이었다. 유리는 기혼자였지만, 패시브하우스 시공업체를 운영하는 유리의 남편은 일주일의 반쯤은 공사 현장에 머물렀다. 지켜보는 눈이 없으니 밤새 게임을 하는 게 틀림없었다. 붓을 섬세하게 다루는 유리의 손가락은 게임 컨트롤러도 뛰어난 교치성으로 다루었다.

"경민씨는 캐나다에 갔다고?"

자리가 깨끗해진 걸 눈치채지 못하고, 커피부터 내리며 유리가 물었다. 사실 유리는 경민을 처음부터 그다지 좋아하지 않았다. 그 오랜 시간 봐왔으면서도 꼭 경민씨, 하고 거리감을 두며 부르곤 했다.

"응. 캐나다에서 가장 잘 보일 거래. 엄청난 별똥별."

살짝 방어적이 된 한아가 대답했다. 어째선지 경민 대신 변명이라도 해줘야 할 것 같았다.

"언제쯤이면 철들까, 그 친구는. 필요한 경비만 모으면 직장 그만둬버리잖아."

"음, 뭐, 그만둘 만한 가벼운 직장을 그래서 택한 거니까."

"전전 직장은 그만두기 전에 불성실하다고 잘려버렸고 말이지. 직업윤리 없는 사람은 다른 윤리도 엉망이야. 진짜라니까?"

"음, 아시아인들이 지나치게 성실한 편이니까 그걸 감안하면 지구 평균은 되지 싶은데…… 진득하게 하고 싶은 분야를 찾으면 달라지겠지."

"네가 무슨 개 부모니? 재능이 꽃필 때까지 지원하게?"

"뭐, 나도 남들이 보면 답답하게 산다 싶을 거고, 애초에 걔의 그런 점이 좋았는걸. 난 모험가 타입이 아니라 늘 익숙한 곳에 있으려 하니까 경민이가 내 몫까지 모험을 해주는 거 같아서 걔 보며 대리 만족을 할 때도 있고…… 그렇게 서로 보완해주며 사는 거지, 뭘."

"둘이 잘 안 맞는다는 생각은 안 들어?"

"딱 맞는다고 할 정도는 아니지만, 그래도 좋아해. 정말로 좋아해. 스무 살 때부터 좋아했어. 그렇게 휙휙 가버리지만, 언제나 기쁜 얼굴로 돌아와. 베이스캠프 같은 기분으로 계속 지내온 거지. 그걸로 괜찮아."

"네가 좋다면 좋은 거지만 난 네 친구니까, 널 좀더 아껴주는 사람이랑 만났으면 좋겠어. 한쪽만 베이스캠프가 되는 관계는 역시 균형이 이상하다고 생각해. 자유로워 보이는 관계라도, 그 안에서 어떤 안정감이 있어야 하는 거 아냐? 경민씨는 늘 불안하달까. 아아, 내가 보수적인지도 모르겠다."

유리가 한아를 놓아주었지만 비슷한 대화는 며칠 후에 또 반복될 것이었다. 한아는 재봉틀 곁에 놓인 휴대폰을 만지작거렸지만 알림 없이 조용했다. 탑승 전에 한 번쯤은 통화할 줄 알았다. 비행기는 이미 일본을 훌쩍 지나갔을 시간이었다.

"……가끔은 조금 힘들 때가 있어. 경민이 어디 여행 가고 그럴 때는 전화도 없어서, 이틀 넘게 충전을 안 해도 거뜬한 거야. 뭐야, 이런 식으로 또 환경적이게 되는 건가 싶더라고."

결국 유리에게 불안한 마음을 내비치고 말았다. 유리가 이 순간을 기억했다가 후에 경민과 마주치면 살짝 이를 내보일 걸 알면서도. 물론 경민은 둔하니까 별로 신경쓰지 않겠지만 두 사람이 잘 지내는 것은 한아에게 꽤 중요한 문제였다. 평생 놓을 수 없는 두 사람이니.

"세상에 좋은 사람이 얼마나 많은데. 습관처럼 계속 만날 필요는 없어, 멈춰도 돼. 이 사람이 아니다 생각이 들면 언제든 멈추는 거야."

유리가 늘 하는 말을 하며 먹을 갈기 시작했다. 한아는 자신이 그 먹 냄새를 좋아하는지 싫어하는지 늘 알 수가 없다고 생각했다. 향긋하면서도 꼬리꼬리했다. 하얀 캔버스화에 꽃잎을 떨구기 시작하는 친구를 물끄러미 보았다. 호흡 속도까지 신경을 쓰며 집중한 옆모습에 혼자 감탄하고 말았다. 그런 모습에 처음 친해지고 싶다고 생각했을 것이다. 유리는 언제나 한아의 편이었다. 한아의 대변자였고 한아가

고려하지 않는 면까지 살피고 지켜주고 짚어주고 싶어하는 건 진심이었다. 덕분에 긴장이 감돌긴 하지만, 고마운 건 고마운 것이었다. 한아는 굳은살이 박인 손가락 끝에 골무를 꼈다. 사실 이제 골무가 필요하지 않을 정도로 단단해져 있었지만 천연 고무나 금속제 골무, 누빔 골무를 번갈아가며 끼고 있으면 기분이 좋아졌다. 오늘도 금방 갈 거야. 경민이도 금방 돌아올 거야.

딸랑, 하는 소리와 함께 손님이 들어왔다.

3

이틀 후 저녁이었다. 한아는 편한 잠옷을 입고 머리를 위로 돌돌 감아올린 채 사과를 깎고 있었다. 사과머리 하고 사과 깎기 흠흠흠, 말도 안 되는 노래를 지어 불렀다. 한아의 부모는 번갈아가며 등뒤에서 혀를 찼지만 서울 집값 때문에 얹혀사는 형편인 한아는 자체 음소거를 택했다. 남들 사는 대로 회사에 들어가고 새 옷을 만드는 쪽을 택했으면 독립할 수 있었을지 가끔 궁금하기는 했다. 일일 드라마 엔딩 시그널이 들리고, 한아의 어머니가 뉴스 채널을 틀었다. 모친과 부친이 리모콘을 두고 벌이는 신경전은 황야의 결투 같다고 속으로 웃었다. 언제 또 바뀌었는지 영 낯선 얼굴인 앵커가 말했다.

"캐나다 밴쿠버 근교에 미처 예상하지 못한 소형 운석이 떨어져 천체 관측중이던 시민들이 대피하는 소동이 있었습니다."

한아가 깎던 사과의 껍질이 중간에 툭 끊어졌다.

"경민이 놈 저기 가 있는 거 아냐?"

엄마가 물었다. 하지만 한아는 대답하지 않고 사색이 되어 휴대폰을 들고 방으로 들어갔다. 신호음이 계속 갔지만 아무도 받지 않았다. 그럴 거면 로밍은 왜 했는지 분통이 터졌다.

"받아…… 받아, 이 멍청아!"

현지 리포터가 현장에서 상황을 보고했다.

"운석 자체가 입힌 피해는 크지 않으나, 한때 방사선 수치가 미미하게 올라갔던 것으로 알려졌으며 우리 국민 피해가 있었는지는 대사관에서 파악중입니다."

경민은 그대로 연락 한 번 없다가, 귀국 전날에야 전화를 걸어왔다. 경민은 경민대로 고생을 좀 했는지 서걱거리는 목소리로 귀국 비행기 편명을 알렸다. 화를 내야 마땅했으나, 한아는 화낼 힘이 남아 있지 않은 상태였고 오로지 걱정이 되어서 공항까지 달려갔다.

공항의 입국 통로가 열리고, 사람들이 다 흩어지고 나서야 경민이 걸어나왔다. 거리가 크게 멀었던 것도 아닌데, 어째서인지 얼굴이 잘 보이지 않았던 것을 한아는 기억한다. 하지만 실루엣만으로도 오래된 남자친구를 알아볼 수 있었고, 달려가서 안길 정도의 애정은 여전히 남아 있었다. 경민을 사랑하는 것은 어쩔 수 없는 문제라고, 한아는 그 순간에도 체념하듯 생각했다. 체념이라고 부르는 애정도 있는 것이다.

"한식이 먹고 싶어."

기죽은 목소리였다. 경민은 아무렇지 않은 말을 할 때도 특유의 리듬감과 활기를 띤 채 말하곤 했는데 말이다. 한아는 그런 경민이 안쓰러웠고, 이렇게 안쓰러워하는 걸 유리가 알면 엄청난 쓴웃음을 지으리라 생각했다.

"그래 그래, 먹으러 가자."

한아는 피곤해서인지 약간 열이 나는 듯한 경민의 팔을 감으며 공항 지하로 내려갔다. 식욕은 여전히 왕성했다. 한아는 뿌듯하게 경민이 시래기된장국 두 그릇을 비우는 것을

보았다. 경민은 국물이 내려가고 있을 가슴팍을 가볍게 두
드리더니, 정확한 젓가락질로 가지무침을 집어들었다. 언제
젓가락질이 저렇게 좋아졌지, 한아는 생각했다. 한국인이
맞는지 의심스러울 만한, 해가 바뀌어도 하나도 안 느는 젓
가락질이었는데. 그러나 더한 이질감은 젓가락 끝의 가지무
침 때문이었다.

"너 가지무침 안 먹잖아?"

한아가 놀라 물었고, 경민은 좀 멍한 표정으로 그런 한아
를 바라봤다.

"내가?"

"응, 촉감이 개구리 같아서 싫다며. 개구리 채 친 것 같다
고 맨날 그랬잖아."

"그랬던가? 이거 맛있는데. 어쩐지 고향의 맛이 난달
까?"

"고향은 무슨 고향, 서울 사람이."

"아니, 말하자면 그렇다고."

"별 보고 오더니 철들었나보네. 입맛 바뀌면 철드는 신호
지."

그때 한아는 별생각 없이 웃었고, 심지어 경민이 대견하
기까지 했다. 그런 한아의 마음을 본능적으로 알아채기라도

했는지, 경민은 피곤한 몸을 이끌고 집까지 데려다주겠다고 우겼다. 그렇게 오래 사귀었는데도 경민이 데려다준 적은 많지 않았다. 한아는 자립적인 성격이라 그 편이 편하고 좋았지만, 굳이 데려다준다니 그건 함께 시간을 더 보내고 싶은 거구나, 또 기쁜 것이었다.

"피곤할 텐데, 푹 쉬어."

"응, 들어가."

한아는 들어가다가 뒤를 돌아보았다.

"왜 안 가고 그래?"

경민은 한아가 그때껏 본 적 없는 표정을 지었다.

"뒷모습 보여주기 싫어서. 지금껏 너무 많이 봤잖아."

"캐나다 수질이 좋은가봐? 갑자기 왜 그래?"

솔직하지 못한 한아였지만, 오랜만에 심장이 뛰었다. 가벼운 위험, 몇 센티미터쯤 죽음과 재난에 가까이 간 것만으로 경민이 이렇게 변화했다면 가능성이 있지 않을까 싶었다. 앞으로 변화할 게 더 남아 있다면, 오래된 관계를 체념이라고 부르지 않아도 될 것 같았다.

등뒤에 경민의 시선이 머무는 걸 느끼며, 마치 그런 시선을 감지하는 신경세포가 따로 있는 것처럼 강렬하게 느끼며, 한아는 문을 닫았다.

문을 닫았지만, 그날은 아무것도 닫히지 않았다.

4

"그거 알아? 경민씨 갔던 데 근처에서 아폴로가 실종됐대."

커피 머신 앞에 서 있던 유리가 갑자기 획 돌며 한아에게 말했다. 웬일로 친구가 '경민씨'에 미미한 적의를 담지 않고 발음해서 한아는 하던 일에서 고개를 들었다.

"아폴로? 가수 아폴로 말하는 거야?"

"응, 난리더라. 뉴스고 인터넷이고 다 뒤집어졌어. 경민씨 혹시 거기서 아폴로 못 봤대?"

"연예인 보면 꼭 같이 사진을 찍든지 사인을 받든지 하는 앤데 그런 말은 없었어. 캐나다가 좀 넓어야지…… 그 사람도 별 보러 갔었나보네. 별일 없어야 할 텐데. 우리도 그 사람 노래 자주 듣잖아."

"음모론이 모락모락 올라오더라. 사람들 남의 일이라고 납치니 살해니 함부로 말해. 얼른 멀쩡히 나타나야 할 텐데."

대형 기획사의 아이돌도 아니고, 싱어송라이터 출신으로 한류 스타가 되기는 쉽지 않은데, 아폴로는 최근 승승장구 중이었다. 한아는 시각에 편중된 편이라 음악을 잘 이해하진 못했지만, 아폴로의 대표곡들과 대표곡이 아닌 곡들을 좋아했다. 어느 쪽이냐면 대표곡이 아닌 노래들이 더 좋다고 여기면서. 사운드를 산뜻하고 화려하게 쓰는데도 어딘지 본질적인 느낌이 나는 곡들이었다. 척추로 색채감을 느끼게 하는 음악을 쓴달까, 그렇게 말하면 아무도 이해 못하겠지만 말이다. 그리고 가사가 정말 좋았다. 좋은 음악가인데다 세계에 대해 하고 싶은 말이 있구나, 고개를 끄덕이게 했다. 콘서트장에서 생수병에 든 물이 아닌 정수기 물을 마신다는 기사를 보고는 더 좋아하게 되었고…… 한아는 아폴로의 무사를 바랐다.

강 건너 영등포구, 액정 화면이 다섯 개 켜진 어두운 방에는 한아보다 실종 사태를 훨씬 심각하게 받아들인 사람이 있었다.

티브이, 데스크톱 모니터, 노트북, 태블릿, 휴대폰이 각각 아폴로에 대한 정보들을 산발적으로 떠들어대고 있었다. 그러나 막상 액정들이 뿜어내는 빛 가운데 웅크린 조그만 여자는 제대로 듣는 것 같지 않았다. 그도 그럴 것이 아까부터 계속 같은 정보가 반복되고 있을 뿐이었다.

"아시아 스타 아폴로 실종 일주일째……"

"캐나다에서 개인 가이드로 일하고 있는 교포 정 모씨가 마지막으로 목격……"

"들판 한가운데서 사라졌어요. 차도 없이 어디로 갔는지……"

"현지 경찰과 공조 수사중이며……"

기민해 보이는 표정과 작은 체구가 설치류를 연상시키는 여자는, 아폴로 공식 팬클럽 '오빗orbit'의 회장 이주영이다. 종종 인터넷상에서는 호빗 회장이라고 놀림받곤 하는, 아폴로를 지원하기 위해 학사 경고를 마다 않는 열정적 팬이었다.

주영은 본인의 마르고 뾰족한, 그래서 별로 편하지 않은 무릎에 이마를 묻고 아폴로와의 마지막 대화를 끊임없이 재생시켰다.

아폴로는 이번 앨범 활동을 접고 휴식기에 들어갈 참이었다. 마지막 팬미팅장이었고, 주영은 행사 진행을 보조하느라 무대 뒤에서 분주했다. 가끔 짬이 날 때에야 무대 옆에서 고개를 빼꼼 내밀고 빛나는 아폴로를 볼 수 있었다. 그래도 괜찮았다. 그의 시선이 닿는 곳에 있지 않아도, 정말 괜찮았다. 이쪽에서 바라볼 수만 있다면. 빙글빙글, 그를 가운데 두고 궤도를 돌 수 있다면.

"수고 많았어요, 정말."

행사가 끝나고 아폴로가 주영을 챙겼다.

"휴가는 어떻게 보내실 생각이세요?"

"캐나다에 가려고요. 들판에 가서 유성우를 보게."

"멋지겠다."

캐나다라니, 멀기도 멀었다. 주영은 아폴로의 휴가 기간 동안 아르바이트를 격렬하게 해야 할 판이었다. 자꾸 오빗의 일정이 끼어들어 과외를 잘렸던 것이다. 하긴, 애초에 과외 따위 시작한 게 무리였다. 학생 때부터 아폴로 따라다니느라 공부도 못 해놓고 무슨 과외를 한다고 했는지 후회였다.

"……캐나다에 다녀오면, 깜짝 놀랄 만한 투어에 초대할 게요. 주영 회장만."

주영은 투어 얘기를 들은 적이 없는데 무슨 얘긴가 했지만, 아폴로는 물어볼 틈을 주지 않고 가볍게 손을 흔들며 가버렸다.

대체 어디 있는 걸까.

주영은 구멍을 뚫어 목걸이로 만든, 낡은 기타 피크를 꼭

쥐었다. 너무 오래 아껴와서, 눈을 감고도 작은 흠집까지 다 그릴 수 있을 것 같은 하얀 피크다.

아폴로를 처음 만났을 때는 교복을 입고 있었다. 주영은 수습 불가능한 헤어스타일을 한 아무것도 모르는 고등학생이었지만 아폴로를 처음 보고, 아니, 처음 듣고 인생의 소명을 알아버렸다. 저 사람을 벅찬 마음으로 따라가기 위해 태어났다고. 소명을 어린 나이에 아는 것은 사실 엄청난 행운이 아닌지.

"오빠는, 오빠는, 정말 눈부신 사람이에요. 언젠가 굉장해질 거라고 생각해요."

지금 생각해도 참으로 낯 뜨거운 고백이었으나, 되돌아가도 그렇게 토하듯 감정을 쏟을 것이 분명하다. 턱밑까지 찰랑찰랑 차올라서 어쩔 수 없었다. 요동치는 마음은 여전히 하나도 변하지 않았으니. 당시 주영의 격찬에 아폴로는 살짝 난처한 미소를 지었다.

"글쎄요, 여기 공연도 고정이 아닌데 잘되려나."

"모든 사람들이, 전 세계가 오빠를 알아볼 날이 올 거예요. 그때가 되면 옛날에 개가 보는 눈이 있었구나 싶을걸요. 계속 곁에 있었으면 하지만요."

아폴로가 드디어 눈으로도 웃었다.

"고마워요. 오늘 그런 말을 듣는 게 정말 필요했어요."

그날 아폴로가 건넨 피크는 모서리가 형편없이 닳아가고 있지만, 주영의 마음은 닳지 않았다. 어디에선가 아폴로가 주영을 부르고 있는 것만 같았다. 경찰도, 소속사도 아무런 답을 찾지 못하고 있었다. 작은 공연을 하던 시절부터 쭉 아폴로의 든든한 측근이었던 주영이었고, 이제 직접 나서야 할 차례였다.

순간, 창밖에서 눈부시게 밝은 초록빛 섬광이 번쩍했다.

주영이 창틀을 짚고 서서 눈을 비볐다. 현기증인가? 뭘 좀 먹고 시작해야겠다고 생각했다.

5

한아가 자리를 비웠을 때, 경민이 가게에 왔다. 유리는 붓을 내려놓지 않고 고개만 까닥했다. 그 단순한 동작에는, 내가 호호할머니가 되어도 네놈만은 인정 못해, 정도로 해석할 수 있는 의도된 거리감이 담겨 있었다. 주문이 한참 밀린 상태이기도 했기 때문에 유리는 다시 고개를 숙였다.

"유리씨."

"한아한테 전화해보세요. 부자재 시장에 지퍼 사러 갔는데."

"아, 점심이나 같이 먹을까 하고 도시락 싸왔는데."

"두고 갈 거예요, 기다릴 거예요?"

"유리씨 혹시 점심 약속 없으시면……"

유리가 붓을 멈추고 미간을 좁힌 채 경민을 바라보다가 판단 내렸다.

"같이 먹죠, 뭐."

경민이 그나마 정리되어 있는 상담 테이블에 도시락통을 펼쳤다. 무려 6단 도시락이었다. 양으로 승부한 것도 아니고, 유부초밥에 김으로 눈 코 입을 오려 붙인 장식까지 완벽한 도시락이었다.

"솜씨가 장난 아니네. 경민씨 요즘 요리 학원 다녀요? 요새의 관심사는 이쪽이에요? 뭘 하든 너무 바로 때려치우지는 마요."

"아뇨, 그런 건 아니고…… 조금 익숙해져볼까 하고 이것저것 찾아봤어요. 재밌더라고요, 인터넷."

"어디에 익숙해진다는 거야?"

"그냥…… 여기에."

"좀 잘해요, 한아한테. 만날 내팽개치고 연락두절되지 말고요. 그런 거야 어릴 때나 이해할 만한 행동이지, 우리 나이에 그러면 징그러워요. 아무리 한아가 참을성 있고 뭐든 이해하려는 편이라도 언제까지 그렇게 견디겠어요? 한쪽만 버텨서 유지되는 관계가 대체 무슨 관계예요? 감정적으로 한 단계 올라설 자신이 없다면 이쪽에서 물러서든가요. 뭐, 그쪽이 해준 밥 먹으면서 할 이야기는 아니지만."

"유리씨는…… 멀리서 볼 때만큼 가까이서 봐도 좋은 친구군요."

유리가 눈썹을 치들었다.

"멀리서?"

"한아에게 프러포즈하려고 해요."

"엥, 아니, 잠깐, 그건 너무 여러 단계 올라서는 거 아니야? 진짜로?"

"한아를 위해서라면, 우주를 횡단할 만큼 전 확신이 있어요."

유리는 촉촉한 아보카도롤을 씹으며 경민이 언제부터 이런 캐릭터였나 잠시 고민했다.

"경민씨는 그게 문제라니까. 우주적 규모로 잘할 필요 없어요. 동네 규모로 좀 잘하면 안 돼?"

경민이 웃었다.

"한아가 원하는 게 결혼인지는 잘 모르겠네. 좋다, 싫다 별로 이야기한 적 없었는데."

유리는 한아보다 먼저 알게 된 것이 약간 혼란스러워졌다.

"뭐, 그렇지만 두 사람 관계는 고냐 스톱이냐 결정할 때가 된 것 같으니, 이 기회에 이야기를 좀 나눠봐도 좋겠네요."

유리가 나무젓가락 끝을 씹으며 결론 내렸다.

"아, 근데 제가 잘 몰라서. 프러포즈는 대체 어떻게 하면 될까요?"

"진심이라면."

유리는 말을 고르며, 스스로의 내면도 잠시 골랐다.

"……정말 진심이라면 내가 약간 도와줄 수도 있어요."

유리도 경민도 자각하지 못했지만, 오랜 전선이 와해되는 순간이었다.

6

아폴로의 매니저는 입가에 물집이 올라온 피곤한 얼굴로 주영을 건너다봤다. 전화기 대여섯 대가 울리고 있었지만 아무도 받을 생각을 못하고 있었다. 가장 곤란한 것은 사무실 사람들일 테고, 대체 이런 순간에 너까지 왜 이러느냐는 눈빛을 주영이 못 읽는 건 아니었다. 그러나 다른 사람들 편의를 봐줄 때가 아니었다. 주영은 강력하게 다시 한번 주장했다.

"무리한 요구인 거 알아요, 하지만 지금까지 확보한 자료를 저도 좀 주세요."

"주영씨, 주영씨가 할 수 있는 게 뭐가 있다고 그래? 경찰도 회사도 열심히 움직이고 있어. 심지어 외교통상부 선에서도 캐나다 정부랑 접촉했다고. 속 타는 건 누구나 마찬가지야."

"이럴 사람이 아니란 거 알잖아요."

"솔직히 범죄나 사고의 흔적은 전혀 없고, 이 친구가 몰래 은퇴해버린 게 아닌가 싶어. 그동안 너무 달렸으니까. 조금 종잡을 수 없는 친구이기도 하잖아. 고집도 있고. 상황 좀 정리되면 우리한테는 연락을 주겠지."

"아니에요. 떠나기 전날, 돌아와서 투어가 있다고 했어요. 오래 떠날 기색 전혀 없었단 말예요."

"투어라니? 투어 같은 거 잡힌 거 없는데?"

"매니저님은 아실 줄 알았는데, 그럼 왜 그런 말을……?"

매니저가 두꺼운 손바닥으로 눈썹 위를 마구 문지르기 시작했다.

"나야 모르지. 몇 년이나 일했지만 그 친구는 안드로메다야. 자, 이거 복사해 가요. 주영씨, 쉽게 물러설 사람도 아니고. 대신 이거 새면 안 돼. 비공식적으로 어렵게 구한 자료들이야. 별거 건지진 못했지만."

주영은 매니저가 건네는 서류 묶음을 얼른 넘기며 보았다. 기간 내 항공사별 한국인 탑승객 명단, 카드 사용 내역서, 통화 내역서, 목격 증언 모음, 렌터카 주행 기록 등 주영으로선 손에 넣기 어려운 자료들을 얻어냈다. 태반은 정식 요청이 아닌 유출로 얻어낸 게 아닐까 의심되었고 말이다.

주영은 고개를 깊이 숙여 인사하고 사무실을 나섰다. 다음번에 올 때는 자양강장제라도 사와야겠다고 생각했다.

"왜 그러고 사니?"

주영이 아폴로를 발견하고 나서 가장 자주 들은 말이었다. 그 말을 정말이지 다채로운 톤으로 들어왔다. 영하 40도의 무시, 영상 23도의 염려, 70도의 흐느낌, 112도의 분노로.

사람들은 왜 너 자신에 집중하지 못하고 다른 사람을 위해 사느냐고 묻는다. 끝내는 아무것도 남지 않고, 아무도 고마워하지 않을 거라고. 하지만 그런 사람들이 가지고 있는 건전한 절대 명제, '누구나 하나의 세계를 이룰 수 있다'는 역사상 가장 오래 되풀이된 거짓말 중 하나일 거라고 주영은 생각했다. 세계를 만들 수 없는 사람도 있다. 아니, 대부분의 사람들은 탁월하고 독창적인 사람들이 만든 세계에 기생할 수밖에 없다. 한 사람 한 사람이 똑같이 기여하는 것이 아니다. 거인이 휘저어 만든 큰 흐름에 멍한 얼굴로 휩쓸리다가 길지 않은 수명을 다 보내는 게 대개의 인생이란 걸 주영은 어째선지 아주 어린 나이에 깨달았다. 끊임없이 공자와 소크라테스의 세계에, 예수와 부처의 세계에, 셰익스피어와 세르반테스의 세계에, 테슬라와 에디슨의 세계에, 애덤 스미스와 마르크스의 세계에, 비틀스와 퀸의 세계에, 빌 게이츠와 스티브 잡스의 세계에 포함되고 포함되고 또 포함되어 처절히 벤다이어그램의 중심이 되어가면서 말이다.

어차피 다른 이의 세계에 무력하게 휩쓸리고 포함당하며 살아가야 한다면, 차라리 아폴로의 그 다시없이 아름다운 세계에 뛰어들어 살겠다. 그 세계만이 의지로 선택한 유일한 세계가 되도록 하겠다…… 주영의 선택은, 남들이 생각하는 것처럼 아무 고민 없는 아둔한 열병 같은 것이 아니었다. 차라리 명확한 목표 의식의 결과였다.

그런데 그 세계가, 주영이 선택한 단 하나의 세계가 사라진 것이다.

7

"돌아가신 할머니 코트인데…… 제 몸에 맞게 고치고 싶
어요."

한아가 맡는 일의 많은 경우가, 사랑하던 고인의 옷을 고
쳐 입고 싶어하는 사람들의 주문이었다. 옷을 가져오는 사람
들은 망설임으로 옷을 내려놓기 힘들어했다. 한아는 그런 다
정한 주문일수록 더 믿고 맡길 수 있는 디자이너가 되고 싶
었다. 할아버지의 스리피스 슈트를 손보려는 손주라든지, 어
머니가 1980년대에 입던 물방울 원피스를 늘일 데 늘이고
줄일 데 줄이려는 딸, 가장 마음이 안 좋은 경우지만 친구나
형제자매의 유품을 들고 오는 사람들도 드문드문 있었다.

"아, 곱게 아껴 입으셨나봐요. 보풀도 없고. 디자인은 크
게 손보시지 않을 거죠?"

평소에는 거의 해체했다 다시 잇다시피 혁신적인 변화를
주기도 하는 한아지만, 애도하는 손님들이 찾아오면 최대한
원형을 보존하려고 노력한다. 아주 살짝만 새로움을 더한
다. 그 새로움이 슬픔을 조금 지울 수 있을 정도로만.

"네, 그런데 이 칼라 부분만 차이나 칼라로 고칠까 생각
중이에요."

"문제 없을 거 같아요. 그리고 여기 이 부분에 살짝 다트를 잡으면 어떨까 하는데요."

"그것도 좋겠네요. 잘 부탁드릴게요. 저한텐 의미 있는 옷이라 아무에나 맡길 수는 없었는데, 여기 얘기를 들어서요."

"걱정 마세요. 손님의 자녀분도 탐내게 만들어드릴게요."

손님이 가고 한아가 코트를 손바닥으로 쓸어보면서 즐거워했다. 한아는 자신의 일이 단순히 오래된 옷들의 생명을 연장하며 환경을 보호하는 차원을 넘어서고 있음을 알고 있다. 개인의 기억과 공동체의 문화에 닿아 있는 작업이라는 생각이 들 때마다 자부심이 더해졌다. 본격적인 작업의 어려움을 맞닥뜨리기 전에 처음 만난 옷을 오래오래 바라보는 것도 좋아했다. 누군가가 긴 시간 아껴온 옷의 부드러운 결을 감상하는 것이다. 처음에 얼마짜리 옷이었느냐는 중요하지 않다. 빛과 습기와 오염으로부터 소중하게 보호받은 옷이라면, 귀한 옷이다. 여왕의 옷자락을 드는 시동처럼 두근거리며 나무 옷걸이에 옮겨 걸었다. 상하지 않도록 한 솔기 한 솔기 치밀하게 뜯어내는 건 다음의 일이었다.

"기분이 좋아 보이네."

유리가 뭉친 등근육을 풀며 말을 걸었다. 팔꿈치를 오래 들고 있어야 하는 게 문제인지, 유리의 상체 근육은 돌아가며 말썽이었다.

"응, 여기를 이렇게 잡으면 본래 분위기가 그대로 나면서 피트감은 아주 다를 거야. 할머니를 아주 많이 사랑했나봐. 아까 어쩐지 안아주고 싶더라. 부적절할 것 같아서 관뒀지 만. 포옹이 자연스러운 문화권이라면 안아줬을 텐데."

"정말 그 코트 때문에 기분이 좋은 거야? 더 큰 이유가 있 는 건 아니고?"

"더 큰 이유?"

"내 관찰이 틀렸을 수도 있지만 요즘 경민씨가 좀 달라진 거 같더라고. 그래서 네가 전반적으로 예전보다 기분이 좋 아 보이는 게 아닌가 싶어서."

유리가 주섬주섬 늘어놓자, 한아가 환하게 웃었다.

"너도 느낀 거야? 나만 느끼는 줄 알았네."

"드디어 사람이 되었던데."

유리가 낄낄거렸다.

"그치? 언제까지고 어린애일 줄 알았는데, 갑자기 아주 다른 얼굴로, 나를 똑바로 봐주는 거야. 매 순간 나한테 집 중하는 거 있지? 처음 사귈 때도 그 정도는 아니었는데."

"산만하기 짝이 없었는데, 아예 다른 사람처럼…… 희한 하네, 희한해."

"오늘은 와인 먹으러 오라더라. 예전에는 집에 잘 초대 안 했었거든. 굉장히 지저분한데다가 늘 친구들이 와글와 글해서. 경민이 친구들, 아주 원시 공동체 사회잖아. 아무도 제대로 자리잡지 않고 매일 포커판에 배달 음식 시켜 먹기 바빴지. 그런데 싹 집에 보내고 대청소도 하고 있나봐."

"뭐라도 씐 거 아냐? 사람이 안 하던 짓 하면 죽는다던데."

한아가 손을 멈췄다.

"뭔가, 변화가 너무 급격해서 불안해지네?"

"변하게 된 계기가 뭐야?"

"아무래도 그 캐나다 여행인가? 시기적으로 그런 거 같 아. 그때 그렇게 무서웠나……"

저녁, 한아는 과일을 사서 경민의 집으로 향했다. 해방촌 에 있는 경민의 집은 전에 살던 인테리어 디자이너가 집주 인의 허락을 받고 대대적으로 개조한 것으로, 여름에 유난 히 더운 것만 빼면 가격 대비 꽤 괜찮은 집이었다. 지중해풍 회벽 가운데 예쁜 타일 조각이나 거울 같은 게 박혀 있어서 따로 꾸미지 않아도 좋았다. 한아도 디자이너지만, 디자이 너들은 결국 남 좋은 일이 될 걸 알면서도 디테일 하나에까 지 성실하다는 점에서 사랑스럽고 안쓰러운 존재들이었다.

어디 가서 부자되셨길…… 한아는 누구에게 기원하는지도 모르면서 두 손을 모았다. 경민은 그 아름다운 집을 꾸준히 망치면서 계약을 두 번 갱신했고, 솔직히 경민에게 아까운 집이라고 한아는 생각했었다. 오랜만에 방문하려니 어색한 감도 없지 않아서, 한아는 잠깐 길 바깥에서 건물 꼭대기를 올려다보았다.

그때, 공동 현관에서 경민이 나왔다. 대청소가 끝나지 않았는지 분리수거 쓰레기를 양손에 든 채였다. 한아는 경민을 부를 타이밍을 놓치고 말았는데, 경민이 평소에 분리수거를 제대로 안 해서 몇 번 화낸 적이 있던 한아가 경민이 꼼꼼히 쓰레기를 버리는 모습에 다소 감동했기 때문이었다. 착하잖아, 내가 안 볼 때도 하고 있었구나. 전에는 어차피 지구는 미국 사람들이 다 망칠 거라고 소용없는 일이라고 잔소리하지 말라더니…… 역시 보이는 것보다 괜찮은 녀석이야. 한아는 경민이 분리수거를 마치면 놀래켜줘야지 싶어 더 전봇대 뒤로 몸을 숨겼다.

"이건 플라스틱이야, 페트야?"

웅크리고 있던 경민이 혼잣말을 하며 망설였다. 그러더니 주위를 한 번 둘러보고는, 대충 숨은 한아를 발견 못한 채, 입을 벌렸다.

경민의 입에서 태어나 한 번도 본 적 없는 강렬한 빛줄기가 뿜어져나왔다. 그 빛은 경민의 손에 들린 일회용 음료수 병을 핥았다. 순간이었지만 레이저처럼 강렬했다.

"음, 페트구나."

놀란 한아가 과일 봉지를 떨어뜨렸다. 사과 한 알이 내리막길을 따라 굴러갔다. 빈혈인가? 빈혈이라서 눈앞이 번쩍인 걸까? 어지러워. 지금 대체 뭘 본 거지?

"어, 한아야, 언제 왔어?"

얼굴 가득 웃으며 경민이 한아를 반겼다. 아무렇지 않은 얼굴이었다.

여전히 눈꺼풀에 어려 있는 빛의 잔상에 눈을 비비며, 경민을 따라 집으로 올라갔다. 계단 하나하나를 밟을 때마다 긴장이 쌓여갔다.

집은 깨끗했다. 집의 인상이 아예 달라 보일 정도였다. 경민은 와인의 코르크를 신중하게 땄다. 레스토랑에서 일한 적이 있어서 눈감고도 딸 수 있을 텐데, 유난히 동작에 신경을 쓰는 것처럼 보였다.

"어때, 입에 잘 맞아? 너무 드라이하지 않은 걸 좋아할 듯해서."

한아는 와인이 무슨 맛인지도 모르겠는 상태로 연이어 삼켰다.

"응. 맛있네."

"화이트 쪽이 나았던 거지? 레드 와인보다 이쪽 좋아하는 거 맞지? 과일 좀 씻어올까?"

"아니, 내가……"

둘은 경쟁적으로 함께 싱크대로 갔지만, 먼저 팔을 걷은 경민이 과일을 씻기 시작했다. 잘 그을린 팔이었다. 지구의 위선과 경선을 대각선으로 가로지르며 태양을 받은 팔.

그 그을음을 가늠하던 한아가, 돌연 경민의 팔을 꽉 잡았다.

"너 여기 큰 흉터 있었잖아. 사이클 타다가 넘어져서. 그거 어디 갔어? 재작년에 생긴 거."

"……흉터?"

"흉터가 이따만 했잖아!"

한아는 얼른 다른 쪽 팔도 잡아서 확인했지만 흉터 따위는 없었다. 보호 장비도 없이 사이클을 타다가 경사면에 제대로 갈아서 꽤 심한 흉터가 남았었다. 몇 달 전에도 본 기억이 있었다. 그러나 경민의 팔은 균일한 모래색, 짙어진 곳도 옅어진 곳도 없었다.

"아아, 그거. 최근에 피부과에 있는 사촌 형이 새로 들어온 기계 시험해보자고 공짜로 시술해줬어. 흉터 없애는 연고도 좋은 게 있다고 줬는데, 진짜로 없어지더라고. 그게 범위는 넓어도 얕은 흉터였잖아. 말끔하지?"

한아는 머릿속에서 점점 커져가는 의심이 착란의 결과인지, 술기운 때문에 든 엉뚱한 생각인지, 아니면 정말로 합리적인 추론인 건지 알 수 없어서 싱크대에서 물러섰다. 원래는 길게 머물 생각이었지만, 경민이 이상하게 생각하지 않을 만큼만 머물다 경민의 집을 나서고 말았다.

8

국정원에 들어온 지 1년 반이 된 정규는, 안정적인 사람이었다. 몇 년 전의 민간인 사찰과 댓글부대 운영, 선거 개입으로 한바탕 뒤집어진 후 들어갔기에 직접 관련은 없어도 어디 가서 국정원에 다닌다고 자랑스럽게 말하기는 어려웠다. 하지만 문과대를 졸업하고 어렵게 찾은 직장이었고, 어떻게든 밥벌이를 하게 되었다는 데에서 오는 안도감이 컸다. 정서적으로 안정적이고 정치적으로 중도에 가깝게, 잔잔하게 오래 일하고 싶은 게 정규의 소망이었다. 건물 안의 공기가 떨떠름함과 불신으로 가득찬 듯한 기분이 들 때도, 적응 잘하는 2년 차가 되기로 조용히 마음먹는 정규였다.

그런 정규가, 지금 전화 상담에 뭐라고 대답해야 할지 아주 불안정한 심정으로 고민하고 있다.

"그러니까…… 남자친구분 입에서 초록색 빛이 나왔다고…… 그래서 전화를 주셨다고요? 뭔가 잘못 보신 게 아닐까요? 레이저 포인터로 장난치는 초등학생이 있었다던가요."

전화기 저편에서 한아는, 공중전화 수화기를 흔들며 강력하게 의사 표현을 하는 중이다.

"아니, 제가 본 것은 확실해요, 지금까지 한 이야기가 꽤 이상하게 들리는 건 알아요!"

"오늘 이 통화로 주신 정보만으로는 일단 저희가 해드릴 수 있는 조치가 없는 것 같습니다. 추가적으로 알아보시고……"

"아뇨, 아까 뭘 들으신 거예요? 흉터가 없어졌고요, 가지도 먹었다니까요. 게다가 엄청 다정해지고 어디로 훌쩍 떠나지도 않아요!"

"가지를 먹었다고 국가정보원이 움직일 순 없지 않겠습니까. 그럼 다시 연락주십시오. 전화 주셔서 정말 감사합니다."

정규는 전화를 끊은 다음, 통화 기록 일지에 뭐라고 써야 할지도 판단이 안 되어서 의자에 등을 푹 기댔다. 이러니 상담원이 갈피를 못 잡아 정규에게까지 연결해버렸구나 싶었다. 아주 이상한 사람 같지는 않았는데, 어쩌다 그렇게 불안한 상태가 되었는지 개인적으로는 안쓰러웠다. 역시 여러모로 사람은 안정적이어야 한다고 다시금 느꼈다.

　한아는 좌절감을 이기지 못한 채, 평소보다 큰 소리를 내며 전화기를 내려놓았다. 지난 석 달간, 아무에게도 털어놓을 수 없었던 이야기를 겨우 털어놓았는데 전혀 전해지지 못했다. 대단한 기대가 있었던 건 아니지만 그래도…… 고개를 들던 한아가 자기도 모르게 비명을 질렀다.

　전화 부스에 비스듬히 기대어, 경민이 환하게 웃고 있었다.

　"너 보러 가게에 가는 길이었는데, 여기서 뭐 해?"

　"아, 아니, 아무것도 안 해……"

　"전화기 고장났어? 나한테 전화하고 있었던 거야?"

　경민이 자기 휴대폰을 들여다보고 다시 한아를 보았다. 온화하고 애정 깃든 표정으로, 의심 없이 한아를 보는 경민의 눈에 혼란스러워 보이는 자신이 비쳤다.

　"배터리가 없어서…… 유리한테 전화하고 있었어."

"나였으면 했는데, 유리씨였구나?"

경민은 가벼운 질투와 함께 한아의 대답을 받아들이는 듯했다. 그러고는 손을 뻗어 흐트러진 한아의 머리카락을 부드럽고 기분 좋게 정리해주었다. 한아는 경민을 의심해서, 무려 국정원에 전화를 건 자신이 믿어지지 않았다. 마음이 위태로운 상태였나? 미처 자각하지 못했던 큰 스트레스가 있었나? 입시 미술을 할 때 심리적으로 무척 힘든 때가 있었는데 비슷한 상태가 된 걸까? 그런데 사람 눈이 원래 이렇게 반사가 잘되던가? 경민의 눈 속 자신의 실루엣이 지나치게 분명하다는 생각이 들었다…… 한아의 팔에 소름이 돋았고, 들키지 않기 위해 소매를 끌어내려야 했다.

이상한 건 역시 경민이다. 스스로에게 확신을 가져야 한다. 한아는 태연해 보이려 애를 쓰며 큰 걸음으로 발을 옮겼다. 경민이 따뜻한 손을 한아의 등에 가볍게 얹고 곁에서 걷기 시작했다.

"가게엔 왜? 전화하고 오지."

"전화해봤자 배터리 없어서 못 받았겠네, 뭐. 그냥 잠깐 들르려고 했어. 너 전에 와인 먹고 간 다음부터 연락이 너무 없기에 아픈가 걱정했거든."

"……경민아."

"응?"

"나 생각할 게 좀 있어서. 며칠만 연락 없이 지내자."

한아는 계속 걸었고, 경민은 그 자리에 멈춰 섰다. 두 사람의 좌표가 멀어지기 시작했다.

9

주영은 캐나다에 직접 가서, 아폴로가 걸었으리라고 생각되는 걸음걸음을 다시 걸었다. 집에서 알면 난리가 나겠지만 다음 학기 등록금을 캐나다행에 쏟은 것이다. 대학 생활은 엉망이었다. 부모님은 주영이 정신병원에 가보아야 한다고 말했다. 가족도 연인도 아닌 누군가에게 지나치게 의존하는 것은 정상이 아니라고 했다. 그 말에 상처를 받아 주변의 누군가를 몇 명 사귀어봤으나 실패가 아닐 수 없었다. 그들도 주영에게 문제가 있다고 말했던 것이다. 일순위가 되지 못한다는 것에 심술을 부린 것일 테고, 주영이 맡고 있는 책임을 이해하지 못해 번거로울 뿐이었다. 주영은 학교에도 애착이 별로 없었다. 이상한 눈으로 쳐다보는 이들만 가득있고, 전공은 어차피 아폴로를 위해 미디어학부를 택한 거니 이제 와선 상관없었다. 캐나다에서 주영은 다시 한번 깨달았다. 자신은 아폴로의 부속 위성이라고, 감자처럼 울퉁불퉁한 작은 위성이라서, 아폴로를 잃는 순간 궤도에서 떨어져나가 빙글뱅글 어둠 속을 떠돌 수밖에 없다고……

욕심 같아서는 시간과 동선을 완전히 마스터하고 싶었지만, 아폴로의 흔적은 점선처럼 중간중간 끊어져 있었다. 같은 자리를 여러 번 맴돌다가 날짜가 닥쳐 돌아올 수밖에 없었다. 마치 눈 위에서 갑자기 끊긴, 날아올랐다고밖에 볼 수 없는 천사의 발자국처럼 아폴로는 사라져버렸다.

그래도 현장 답사에서 꽤 중대한 정보를 얻었다. 한국인 중에서 아폴로와 이동 경로가 겹치는 여덟 명의 신원. 게다가 그중에 세 명만 경찰에게 증언을 했으니 나머지 다섯 명의 이야기를 들어볼 필요가 있을 듯했다. 주영은 합법적이거나 다소 합법적이지 않은 방법을 동원해 그들에 대해 조사하기 시작했다. 주영의 조사 실력은 사실 나무랄 데 없었다. 아폴로의 노래가 사람들의 깊은 곳을 건드리는 종류의 것이다보니 골치 아픈 스토커들, 폭력적인 안티 팬들이 늘 있어왔고 팬클럽 차원에서 그들의 신원 정보를 확보해야 했던 것이다. 아폴로를 만난 이후, 미묘한 능력을 계발해온 주영이었다.

한국인과 관련 없을 수도 있었다. 어쩌면 캐나다 현지인이 아폴로가 누군지 모르고 우발적으로 범죄를 저질렀거나 혹은 숲속의 야생 곰이 공격한 것일지도…… 하지만 팬클럽 회장의 촉은 어쩐지 국내에 실마리가 있을 것 같다고 가리켰다.

주영은 방의 한 면을 코르크 보드로 발랐다. 그러고 나서 서류와 사진을 보기 좋게 정리해 붙였다. 코르크 보드는 주영의 머릿속이나 다름없었다. 정보를 확보하고, 그 가운데에서 갈피를 잡아야 했다. 일단 시작으로 아폴로와 동선이 겹쳤던 여덟 명 중 경찰에게 진술한 세 명부터 연락을 해보기로 했다.

"여보세요, 안녕하세요? 저는 기획사 관계자인데요, 다른 게 아니라 아폴로 실종에 관한 자료를 더 얻고 싶습니다. 당시 캐나다에 계셨죠? 실례가 안 된다면 혹시 만나 뵙고 얘기를 좀 할 수 있을까요?"

다행히 모두 흔쾌히 응해주었다. 아티스트의 실종에 연관된 것이 그들에겐 일종의 흥미진진한 이벤트인 듯 보였다. 나도 그냥 이벤트였으면 좋겠어. 이렇게 모든 중심을 다 내어주지 않아도 되는, 잠깐의 이벤트면 좋을 텐데. 서늘한 안쪽을 숨기며 주영은 생각했다.

주영은 잠시 고민하다가 나머지 다섯 명에게는 섣불리 접근하지 않기로 했다. 혹시나 있을지 모르는 위험의 가능성에 대비하여.

코르크 보드 위, 그 다섯 명의 사진 중에 경민의 얼굴이 있다.

10

유리의 휴대폰이 울렸다. 몇 년째 저장되어 있었지만, 한 번도 울린 적은 없는 번호였다. 경민의 이름을 확인한 유리는 한아가 보지 못하게 액정을 슬쩍 기울였다.

"여보세요?"

"제 이름 말하지 마세요. 그리고 한아 몰래 잠깐만 나오세요. 가게 뒤쪽이에요."

유리는 경민의 목소리에서 긴급함과 간절함을 읽어냈다. 그래서 천연덕스럽게 대답했다.

"……아뇨, 저 신용카드 많아요. 괜찮습니다."

전화를 끊고는 잠시 한아의 눈치를 살폈다.

"어유, 요즘 스팸 전화 너무 많이 온다. 인터넷 회사를 바꿨더니 정보가 샜나봐. 짜증나니까 커피 당기네? 잠깐 나갔다 올게."

유리는 일부러 큰 소리를 내며 텀블러를 챙겼다.

"귀찮게 뭐하러 나가? 내가 내려줄게."

"드립 기분이 아니야, 에스프레소 기분이야. 진하고 독하게 마시고 싶어. 남편이 자꾸 커피 줄이라고 감시해서 없을 때 부지런히 마셔야 해."

"그야 너 밤에 자꾸 안 자고 낮에 힘들어하니까 그렇지. 식도염도 생겼다며…… 연한 커피에 좀 적응해봐. 마시다 보면 맛있는데."

유리는 오늘따라 눈치 없는 한아가 원망스러웠다.

"연한 커피 마시면 오줌만 나오지, 뭘. 금방 올게."

단호하게 끊고 일어서는 수밖에 없었다. 한아를 남겨두고 가게를 나서는데 괜히 두근거렸다. 이건 분명 프러포즈에 관한 것이렷다? 호기심에 오후의 졸음이 달아나서 카페인이 필요 없을 것 같았다.

가게 모퉁이에서 종종거리며 기다리고 있던 경민이 유리를 보자마자 인사도 없이 토로했다.

"큰일났어요."

"아아, 일단 어디 카페부터 가요. 증거물을 들고 들어가야지."

두 사람은 커피 전문점의 긴 줄에 함께 서서 공모에 들어
갔다. 점심시간이 한참 지났는데도 사람이 많아 다 불량 직
장인들일 거라고 유리가 투덜거렸다.

"한아가 연락하지 말자 했다고요? 생각할 게 있다고? 한
아가 먼저요?"

믿을 수 없는 이야기였다.

"네. 어떻게 생각하세요? 역시 나쁜 신호죠?"

"오오, 걔가 그런 거 할 줄 아는 애였구나. 드디어 헤어지
려나보네. 그럴 때도 되었죠. 한아도 한계가 있지."

"그러지 마시고 제발 도와주세요. 저 한아와 헤어진다고
생각하면…… 이제야 겨우 같이 있게 되었는데."

유리는 도와줄 마음이 없지 않았지만, 그래도 좀 약을 올
리고 싶었다. 요즘의 경민이야 싫지 않았지만 원래는 얼마
나 괘씸했던가.

"그러니까 그렇게 소홀히 하기 전에 먼저 생각했어야지.
우리 한아 놓쳐도 경민씨는 할말 없어요."

"……믿기 힘드시겠지만, 그때와 전 다른 사람이에요."

"네에, 느끼고 있어요. 그러니까 이렇게 도와주지. 작전
을 좀더 가속화해야겠다."

경민은 유리의 호기로운 표정에 겨우 마음을 다잡을 수 있었다.

11

주영은 일주일에 걸쳐 만남에 응한 세 명의 진술을 재확인하고 있었다. 한 명은 유학 준비생이라 학원 앞에 찾아가야 했고, 나머지 둘은 회사원이라 각각의 회사 근처에서 만났다. 미디어학부가 아닌 경찰대에 진학해야 했었는지도 모르겠다고, 혹은 탐정 제도가 있는 나라에서 태어나야 했다고 뒤늦게 진로에 대한 성찰을 하는 주영이었다.

마지막 회사원이 확신 없이 이야기를 이어가고 있었다.

"……녹색 섬광요?"

놀라는 티를 내지 않으려 애쓰며 주영이 되물었다.

"그게 제가 확실히 봤다고 말씀드리기에는 뭐한데, 아무래도 저도 꽤 놀란 상태였으니까요. 하지만 한순간 눈앞이 아주 강한 녹색으로 번쩍했어요."

"유용한 정보를 주셔서 감사합니다. 아주 큰 도움이 되었어요."

세 명 다 같은 진술을 하고 있었다. 녹색 섬광. 요전날 저녁에 주영의 창밖에도 그런 불빛이 스쳐가지 않았던가? 캐나다가 아닌 서울 한복판이었지만. 주영은 아폴로에게 일어난 일이 아직 끝나지 않았고, 어쩌면 자신과도 어떤 연관성이 있을지 모르겠다는 생각에 혼란에 빠졌다. 팬클럽 관계자의 소행인가? 설마 팬클럽 운영에 불만을 품고 이 모든 짓을? 아득한 의문이었다. 주영은 팬클럽 운영을 공정하게 하려고 항상 노력했다. 권력욕 같은 건 없었다. 돈 문제가 생기지 않도록 투명하게 관리하고, 회원들끼리 갈등 상황을 해결하고, 공연장 예절을 다잡는 정도였다. 다른 팬클럽들과 비교해서도 나쁘지 않은 편이었지만 그렇다고 모두 불만이 없는 건 아니었다. 얼굴 붉힐 일 많고 번거로운 상황에 자주 놓이면서도 계속해온 것은, 팬클럽이 망하기 시작하면 얼마나 쉽게 끝장나는지 잘 알기 때문이었다. 욕을 먹어가면서도 아폴로를 지켜주고 싶었다. 그런데 만약 자신 때문에 아폴로가 화를 당한 것이라면?

생각에 빠져 있는 주영의 주의를 끌며, 앞의 남자가 말했다.

"아폴로씨 정말 실종일 줄은 몰랐어요. 홍보의 일종인가, 그렇다면 이상하네, 했었죠. 쑥스럽지만 저도 팬이었는데 걱정이네요."

"팬이시군요…… 그럼 별건 아니지만 사인 CD라도 감사의 표시로……"

"꼭 무사히 돌아오시길 바랄게요."

남자가 가고 나서도 주영은 한동안 계속 그 자리에 앉아 있었다. 그런 순간에도, 주영의 머릿속을 맴도는 선율은 아폴로의 것이었다. 가끔은 자기 전에 흥얼거린 노래가, 깨어나서도 그대로 이어질 정도였다.

나는 꿈도 안 꾸나보다, 주영은 아침마다 웃었더랬다.

12

유리와 경민은 대형 서점에 들렀다. 이미 커피를 사러 나왔다고 하기에는 시간이 너무 흘러버려서 적당한 핑계 대기는 포기해버린 유리였다. 그래도 한아가 하고 있는 작업에 엄청 몰두중인 게 안심이라면 안심이었다. 두 시간쯤은 아무 생각 없이 일할 것이다. 웬 부츠 마니아가 못 신게 된 수십 개의 부츠를 가지고 와서 다른 걸 만들어달라고 했고, 한아는 과감하게도 대형 깔개를 만들기로 결심했던 것이다.

가죽과 고무, 온갖 소재의 부츠들을 해체해서 가닥가닥 꼬기 시작한 한아는, 머릿속의 구상을 손가락이 느리게 따라가는 걸 못 견디는 것처럼 보였다. 거의 추상 작품 같은 게 나올 듯했고, 불행히도 가게에선 발냄새가 났다.

"정말 할 거란 말이죠?"

유리가 재차 확인했다.

"할래요."

경민이 짧게 대답했다.

"확률은 반반이에요. 한아는 남들 사는 대로 사는 애가 아니니까 아예 코웃음 치며 거절할 수도 있고…… 또 한편으로는 부모님이 은근히 금슬이 좋으시니까, 의외로 결혼에 우호적일지도 몰라요. 어쨌든 지금 상황에서 경민씨가 잃을 건 별로 없지."

"한아를 설득해야 해요. 제가 할 수 있는 한 가장 강력한 표현을 하고 싶어요."

"역효과나 안 나면 다행이겠지만."

유리는 이미 한번 경험한 자의 여유 있는 태도로, 경민을 잡지 코너에 데리고 갔다. 경민은 유리가 가리키는 웨딩 잡지들을 멍하니 내려다보았는데, 유리가 아주 단호한 손가락으로 한 권씩 모두 집어 떡하니 안겨주었다.

경민이 그제야 정신을 차리고 몇 장 넘겨 보았다.

"아, 드레스를 선물해야 할까요?"

유리는 경악했다.

"뭐라고요? 무슨 멍청한 소리야? 그러니까 안 되는 거구만. 당연히 반지죠."

"반지군요!"

"드레스는 그다음에 생각하자고. 아마 한아라면 빈티지나, 친환경 소재 드레스를 입고 싶어할 테니까 그런 건 우리한테 맡겨두고."

"반지라면…… 어유, 종류가 꽤 많네요."

너무 많은 정보를 한꺼번에 처리하느라 얼굴이 빨개진 경민이 말했다.

"꼼꼼히 보고 디자인을 익혀요. 모아놓은 돈은 별로 없죠? 합리적인 가격의, 한아와 어울릴 만한 반지를 잘 골라보세요. 무엇보다 원산지를 잘 확인해야 해요. 블러드 다이아몬드 같은 거 사오면 큰일날 거야. 어쨌든 반지 자체가 사실 그렇게 중요하지 않아요. 반지가 상징하는 게 문제지."

"한아하고 함께 있고 싶다는 마음, 상징하는 거 맞죠?"

"죽음이 갈라놓을 때까지."

"죽음 후에도요. 한아가 아니면 지구에 있을 의미가 없어요."

유리는 텀블러의 커피를 조심스레 마시며 대답했다.

"그러니까, 그런 말은 얼른 한아한테 하세요. 날 붙잡고
해봤자 아무 의미 없어."

유리로서는 경민의 프러포즈가 통쾌하게 실패한다 해도
별 상관 없었다. 한아가 화를 내거나 유리가 도와준 걸 원망
하기라도 하면 아무것도 안 했다고 잡아뗄 예정이었다.

유리와 헤어지고 돌아가는 길에 경민은 동네 문방구에 들
러 연필 다섯 다스를 샀다. 돌아오자마자 책상에 앉은 경민
이 공구로 연필심을 모조리 꺼내서 잘게 부수었다.

그러고는 놀랍게도, 한주먹에 입안으로 털어넣었다. 우걱
우걱 연필심을 어금니로 부수며 경민은 창문에 블라인드를
꼼꼼히 쳤고, 한껏 노력했음에도 경민의 방이 엄청난 녹색
으로 빛날 때 빛의 일부가 쏟아져나갔다. 경민은 블라인드
틈으로 밖을 내다보았으나, 특별히 목격한 사람은 없어 보
였다.

다시 경민이 입을 열자, 입에서 다이아몬드 원석들이 쏟
아져나왔다.

"탄소 비율 99.95퍼센트라. 인간들도 재밌다니까. 클래식

한 걸 좋아할지도 모르지만, 그래도 뭔가 좀 독창적인 걸 만들고 싶은데."

경민이 원석을 하나하나 집어 스탠드에 비춰보았다. 결함이 없는 걸 골라내는 게 관건이었다.

13

지는 해가 공간 깊이 들어왔다. 한아는 혼자 남아 멍하니 앉아 있었다. 정리되지 않은 감정들이 기분 나쁜 내용물처럼 안쪽에서 이리저리 흔들렸다. 아슬아슬한 마음을 주체 못해 재단을 하다가 실수를 하기까지 했다. 겹쳐 있는 아랫부분까지 자르는 초보 같은 실수였다. 불과 얼마 전까지 완벽해 보였던 소박하고 즐거운 삶이 어디에서부터 금가기 시작한 걸까? 모든 것이 좋은 방향으로 변했다고 생각했었는데.

갑자기 앞머리가 무척 거슬렸다. 자리에서 벌떡 일어난 한아는 작은 가위를 하나 골라 거울 앞에 서서 시야를 가리는 부분을 다듬었지만 곧 후회했다. 전문가에게 맡길 것을, 더 거슬리게 되어버렸다. 술이 당기는 날이었다. 아직 아무데도 열 시간이 아니라서 가게에 혼자 남은 것이었는데, 유리가 함께 마시자고 한 걸 괜히 거절했나 싶었다.

"나 오늘 완전 늦게 들어가도 되는데? 안 들어가도 되는데?"

"괜찮아, 게임에서 만나기로 한 사람들 있다며."

"그야 그렇지만……"

"그건 중요한 약속이지."

사실은 술을 마시면 유리에게 다 털어놓게 될까봐 걱정이었다.

"경민씨는? 경민씨라도 부르지."

"걔가 안주다, 야."

"경민씨 일이라면 너무 걱정 마. 두 사람 잘해왔잖아. 내가 다 지겨울 정도로 끈덕지면서 왜 그래?"

"다른 사람도 아니고 네가 그렇게 얘기하면 정말 걱정된다. 원래 앙숙이었잖아? 갑자기 왜 경민이랑 그렇게 잘 지내?"

"에이, 같이 나이들어가면 밉던 사람도 예쁘고 다 그런 거지. 그래, 정 혼자 마시고 싶으면 난 간다. 너무 많이 마시지 말고, 들어가서 문자 꼭 하고. 다 큰 어른은 술 먹어도 집에 혼자 잘 가야 안 흉하다. 알지?"

유리가 가벼운 발걸음으로 퇴근하고 난 후, 한아는 모든 천을 다 꺼내 다시 색깔과 소재별로 정리를 시작했다. 포장마차가 열기까지는 아직도 한참 남은 시간이었다.

한아가 단골 포장마차에서 선호하는 소주와 배추전골을 주문하고 있을 시각, 경민은 정장을 입고 한아의 부모 앞에 앉아 있었다.

"한아가 오늘 늦게 들어온다고 했다고요?"

"응, 기다리지 말라던데……"

"왜 그렇게 정장을 입고? 상가에라도 가야 하는 거야?"

경민은 망설이다가 준비해온 케이스를 열고 반지를 보여주었다.

"한아에게 프러포즈하려고 왔습니다."

"어…… 얘가 어디 갔담?"

당황스럽기도 하고 뭐라 해야 할지도 모르겠어서 한아의 부모는 일단 반지를 구경했다. 작은 돔 가운데 큰 다이아몬드가 떠 있고, 작은 다이아몬드가 그 주위를 달처럼 돌고 있었다. 듣도 보도 못한 반지였다.

"요새는 이런 것도 있네. 특이하다. 어떻게 움직이는 거야?"

"제가 개발한 겁니다. 소규모 중력 필드를 이용해서 끝없이 돌게 하는 겁니다."

"신기하네."

경민에 대해서 내내 탐탁지 않게 생각했던 두 사람이었지만 정장의 박력과 커다랗고 기이한 보석에 약간 흔들리고 말았다.

"근데 자네, 최근에 직장을 잃었다고 하지 않았던가? 요새는 결혼을 꼭 해야 하는 시대도 아니고 우리 한아가 괜히 고생하는 건 좀 그래……"

"소규모 중력 필드는, 아직 인류 역사상 존재하지 않는 기술입니다. 특허 출원을 신청할 거예요. 경제적인 문제는 전혀 걱정하지 않으셔도 됩니다."

"뭐, 11년을 연애했으니…… 두 사람이 알아서 하겠지."

"한아 오면 한아랑 이야기해서 잘 결정하게. 우리는 뭐 별로 의견이 없어."

"감사합니다. 곧 장인어른, 장모님으로 부를 수 있다면 좋겠네요."

"너무 앞서가진 말고."

한아의 부모는 어색하게 경민과 마주앉은 채로 시간을 어떻게 보내야 하나 고민했다. 테이블 아래로 한아에게 계속 문자를 보냈지만 딸은 답장이 없었다.

　정체가 의심스러운 남자친구가 부모님과 함께 있는지도
모르고, 만취한 한아는 노래를 부르면서 불안정한 걸음으로
귀가중이었다. 포장마차에서 대각선 테이블에 앉았던 남자
둘이 계속 따라오고 있는 것도 알지 못했다.

　"아가씨."

　한아는 그게 자기를 부르는 소리인 줄 몰랐다. 남자 둘은
딱 보기에도 질이 나빠 보였다. 안 좋은 업계에 오래 종사한
흔적이 인상에 남아 있는 사람들이었다. 한쪽이 더 조바심
내며 다시 한아를 불렀다.

　"거, 아가씨."

　그제야 한아가 돌아보았으나, 둘 중의 누구도 아는 얼굴
이 아니었다.

　"네?"

　"우리랑 한잔 더 하자고."

　"아…… 그건 좀 곤란한데요."

　"에이, 아까부터 우리 눈 좀 마주쳤잖아. 같이 마시자고
신호한 거 아니었어?"

　한아 입장에서는 뜬금없었다. 혼자 앉아 있다보면 아무래

도 두리번거리게 되는데, 그걸 가지고 저런 말도 안 되는 착
각을 한단 말인가.

"아뇨, 전 충분히 마셔서 그만 마시려고요."

"이거 왜 이래, 이런 한적한 데까지 아가씨 따라 걸어온
거잖아. 아, 진짜 짜증나게 구네."

"야, 싫다잖아. 내가 쟤보다 예쁜 애들 잔뜩 나오는 데 알
아. 그리로 가자."

그러나 알 수 없는 이유로 화가 난 쪽은 만류를 거부했다.

"뭐 좀 있네. 저렇게 잘난 척하며 무시하는 년들이 제일
싫어. 네가 뭔데 날 무시해? 꼬리 쳤으면 책임을 져야지!"

한아는 술을 한동안 안 마셨던 게 취객들이 싫어서였구
나, 취한 상태에서도 깨달으며 메고 있던 크로스백을 어깨에
서 내려 잡았다. 취객 한 사람이 한아에게 손을 뻗었고, 한아
는 크로스백을 휘둘러 방어했는데 몇 번 휘두르지 못하고 잡
혔다. 가방을 포기하고 뛰어야 하나? 뛰다가 잡히는 건 아닐
까? 판단이 잘 되지 않았다. 크로스백 끈이 팽팽했다.

한아를 기다리는 걸 포기하고 한아의 집에서 나오던 경민
이 그들을 발견한 건, 거의 불가능에 가까운 일이었다. 어두
웠고, 오십 미터는 떨어진 거리였지만 경민은 곧바로 달리
기 시작했다. 새로 맞춘 옷의 어딘가가 부욱, 찢어지는 소리

가 났지만 상관없었다.

취객의 흉하고 두꺼운 손가락이 한아의 머리카락에 닿을 참이었다. 경민이 한아를 안아 뒤로 빼면서 그를 밀쳤다. 경민의 건조한 손바닥이 한아의 얼굴 윗부분을 가렸다.

"뭐야? 놔!"

한아는 경민의 개입도 취객들의 행패만큼이나 불쾌해 몸부림쳤지만, 곧 경민의 눈과 입에서 엄청나게 강렬한 녹색 빛이 뿜어져나왔다.

그건 앞서의 경우와는 전혀 다른 수준의 것으로, 서울 한가운데 거대한 녹색 빛기둥이 잠깐 생겼다 사라졌다. 취객들이 눈을 감싸쥐고 신음했다. 사람들이 창문을 내다보고, 직접 집 밖으로 나오며 웅성거렸다.

"너…… 너, 뭐야?"

한아는 어떤 정보도 제대로 파악할 수 있는 상태가 아니었고, 무슨 일이 일어났는지 전혀 알 수 없었지만 경민을 마주보았다. 경민은 비틀거리는 한아를 조심스럽게 부축했다.

"지금은 말고, 나중에 얘기하자."

한아는 경민의 부축을 다부지게 밀쳐냈다.

"너, 뭐냐고?"

"한아야…… 내일 나랑 잠깐 어디 안 갈래? 같이 가서 보여줄 게 있어. 그럼 너도 다 알게 될 거야."

"나 더이상 아무것도 모르겠어."

하루종일 한아의 안에서 휘돌며 차오르던 것, 의심과 절망과 혼란이 한아의 뺨을 타고 흘러내렸다. 경민은 당장 무슨 말인가를 하려고 입을 열었다, 닫았다, 열었다, 닫았다를 반복했다. 고장난 장난감 같은 표정이었다.

"내일 하루만 나한테 시간을 줘. 그러고도 안 된다면, 내가 물러설게. 깨끗하게 놓아줄 테니까."

경민의 마지막 제안이 타당하게 느껴졌으므로, 한아는 마지못해 고개를 끄덕였다.

14

방 이곳저곳을 장식한 굿즈들은 이제 주영에게 기쁨보다 상실감을 주었다. 주영은 괴로움을 안고 침대에 엎드려, 아폴로에게 메일을 썼다. 이전에 보낸 메일들도 수신 확인은 역시나 되지 않았지만.

어디예요?

오빠가 없이는 살 수 있을지도 모르겠는데, 오빠의 음악 없이는 살 수 있을 것 같지가 않아요. 대체 어디 있어요?

아폴로가 영원히 읽지 않을 거라 생각하자 더 솔직해질 수 있었다. 캐나다 숲 어딘가에서 하얀 뼈로 남을 아폴로를 상상하자, 주영의 명치쯤이 관통당한 듯 아팠다. 마음이란 거, 육체의 바로 이 지점에 위치하는구나. 주영은 한숨을 쉬었다. 뼈만 남는다 해도 아폴로라면 아주 특별할 거라고, 아주 특별히 아름다운 뼈일 거라고 생각했다. 뼈를 두드리면 실로폰처럼 소리가 날 거야.

메일을 다 쓰고 포털의 뉴스를 샅샅이 확인했다. 아무 기대도 없으면서 샅샅이…… 뉴스 시간에 맞춰 티브이도 틀었다. 세상에는 중요한 소식이 저렇게나 많은데, 아폴로의 소식은 없다니 믿을 수 없었다. 당뇨병 치료에 획기적일지 모를 발견이 있었고, 어린 소녀들을 납치해온 국제 인신매매단이 일망타진되었고, 어제까진 존재하지 않았던 독립국가가 세워지기기도 했다. 아폴로의 소식만 없다. 포기해야할지도 모른다. 주영이 침대 위에 누워서 고개를 바닥으로 늘어뜨린 채, 코르크 보드를 올려다보았다. 나머지 어중이

떠중이들, 만나봤자 똑같은 소리만 하겠지. 초록빛이 어쩌고……

그때 앵커가 말했다.

"어제 열한시 사십오분경 서울에서 목격된 녹색 빛기둥의 원인을 찾았습니다. 이상 기후 현상이 아니라, 발명가 김 모씨가 개발중인 조난 구조 요청 램프를 사용한 것이라고 합니다. 이기호 기자의 보도입니다."

주영이 얼른 리모컨으로 손을 뻗어 볼륨을 키웠다. 앵커의 머리 옆에 있는 이미지는 확실히 녹색 빛기둥이었다. 화면이 전환되고 기자가 말을 이었다.

"어제 여러 시민들을 놀라게 했던 녹색 빛기둥은 추측과는 달리, 발명가인 김경민씨가 미완성품인 구조 요청 램프를, 여자친구를 쫓아와 위협한 치한들에게 사용한 것으로 확인되었습니다. 치한들은 각기 전과 3범과 4범으로 알려졌으나, 다행히 위협 이상의 폭력 행위는 막을 수 있었다고 합니다. 치한들은 일시적 시력 손상이 있어 근처 대학 병원에서 치료를 받고 있으며 이후 경찰에 인도될 예정입니다. 김경민씨, 대단한 효과의 휴대용 램프인데요, 언제 상용화할 예정이십니까?"

어색해하며 인터뷰를 하는 남자는 낯이 익었다.

"아직 상용화할 단계는 아닙니다. 안전을 위해 보완해야 할 부분이 많고, 이런 다른 목적으로 쓰게 될 계획은 없었습니다. 의도치 않게 여러분을 놀라게 해드려서 죄송할 뿐입니다."

주영은 뉴스에 나온 경민의 얼굴을 유심히 보다가, 코르크 보드에서 이런저런 자료에 가려 묻혀 있던 경민의 사진을 찾았다.

"녹색빛……!"

너무 오랜만에 말을 했더니 목소리가 갈라졌다. 메마른 입술을 다시며 경민의 사진을 뜯어내렸다.

그 뉴스를 보고 충격을 받은 것은 주영뿐만이 아니었다. 한아의 전화를 받았던 국정원의 정규 역시, 같은 뉴스를 보고 있었다.

"마포구와 서대문구에서 보였다고?"

같이 늦은 저녁을 먹던 동기가 고개를 들었다.

"무슨 얘기야?"

"저거 봤어?"

"아, 빛났다는 거? 나는 못 봤지만 사람들이 봤다고 메시지 오고 그랬어. 왜?"

"아니, 마음에 좀 걸리는 제보 전화가 있었는데 어쩌면 저거랑……"

"산업 스파이 같아? 확실한 거 아니면 시간 낭비 하지 마. 들어온 지 얼마 안 되어서 나대면 아무도 안 좋아해."

정규는 더이상 대답하지 않았다.

15

을지로에 위치한 호신용품 전문 상가에, 오늘따라 평소에는 찾아보기 힘든 손님들이 찾아들었다.

아침에 콩나물국으로 겨우 속을 차린 한아는, 아무 방비 없이 맨몸으로 경민을 만날 수는 없다고 판단했고 인터넷 검색 후에 여기에 이른 것이다.

"음, 간단한 호신용품으로 어떤 게 있을까요?"

가게 주인이 한아를 위아래로 훑었다. 대체 그렇게 봐서 무슨 정보를 얻을 수 있다고 그러는지 미묘하게 불쾌했지만 당장 닥친 고민이 더 컸다.

"후추 스프레이나 전기 충격기가 있습니다. 전기 충격기는 등록하셔야 하고요."

"아, 후추 스프레이는 효과가 없을 것 같은데……"

주인이 픽, 웃었다. 금방의 발언이 자존심을 긁은 모양이었다.

"생각보다 분사력이 좋아서, 웬만한 사람한테는 효과적일 겁니다. 좀 과장하면 곰도 쫓을 수 있을걸요. 걱정하실 필요 전혀 없어요."

"그게 웬만한 사람……이 아닌 것 같아서요."

"그럼 전기 충격기 쪽으로 하시죠. 등록은 대행해드립니다."

"예, 그럼."

"괜찮을 만한 모델을 보여드릴게요."

뒤에서 문이 열리고 주영이 들어선다. 한아는 전기 충격기를 들었다 놨다 하느라 새로 들어온 손님을 돌아보지 않는다.

"뭐 찾으세요?"

주영은 망설임 없이 대답한다.

"총요."

"가스총요?"

"아뇨. 실탄은 없어요?"

주인은 요즘 여성들이 정말 살기 위험하고 힘든가보다,

딸들한테도 이것저것 챙겨 들려줘야 할까 잠시 고민에 빠졌다. 무정부 상태도 아닌데 대체 왜 이런 과한 무기들을 찾는담? 얼마 전까지만 해도 간단하고 신고가 필요 없는 호신용품들이 인기였는데, 오늘 손님들은 호신용이라 하기 힘들 정도로 본격적인 것만 골라 찾았다.

"개인 화기는 사냥용 엽총이나 공기총, 산탄총만 가능하고 관할 경찰서에 보관하셨다가 사냥철 해당 구역에서만 사용 가능해요. 그런데 손님은 멧돼지 잡으러 다닐 것 같지도 않고, 사격장 설치자처럼 보이지도 않고……"

"권총은 없어요?"

겁을 주며 말했으나, 어린 아가씨는 눈 하나 깜빡하지 않았다. 주인이 한숨을 폭 쉬었다.

"잠시 기다리세요. 이쪽 손님부터 먼저 도와드리고요."

한아가 전기 충격기를 들고 가게를 나서자, 이걸 어떻게 해야 하나 하는 표정으로 주인이 다시 주영을 향했다. 주영의 눈은 어떤 단단한 결의를, 물러서지 않을 각오를 담고 있었다. 요즈음의 이십대들은 이렇게까지 절박한가? 모서리의 모서리에 몰려 있나? 설마 나쁜 일을 당하고 있거나 당하게 될 것 같은가? 겁을 줘서라도 쫓아 보내야 할 무시무시한 놈들에게 대항해야 하는지도 모른다. 물어볼 수도 없고 물어본다고 대답해줄 것 같지도 않고 곤란했다.

"손님, 이 근처 쩌르고 다녀봤자 아무도 손님한테 총 안 팔아요. 우리나라는 총 같은 거 아무나 살 수 있는 나라가 아니에요."

주인은 마지막으로 주영을 만류해보았다.

"여기서 구할 수 없는 물건은 없다고 들었어요. 탈탈 털면 탱크도 하나 조립한다면서요. 아저씨가 취급 안 하면 취급하는 분이라도 알려주세요. 중개 수수료 드릴 테니까."

이 아가씨, 어딜 가서라도 원하는 걸 구할 거다. 구하는 와중에 다칠지도 모른다…… 주인은 잠시 고민하다가, 일본식 탄피형 비비탄총을 취급하는 장돌뱅이를 떠올렸다. 위험한 비즈니스를 하는 질이 나쁜 인간이다. 저 당돌한 손님에게 독대시키고 싶은 인간은 아니니, 그자가 있는 곳을 알려주는 것보다 차라리 여기로 부르는 게 나을지도 모른다. 개조된 비비탄총은 거리가 멀어지면 장난감이지만 가까이에서 쓰면 살상 무기가 될 만한 물건이었다. 고등학교 때 사격부였던 주인으로선 어째서 사격이 가족 건전 레포츠가 되지 못하나 괴로웠다.

"진짜 총은 아니지만, 위력이 그만한 게 있어요. 불법 화기니 되도록 쓰면 안 되는 물건인데……"

"되도록 쓰지 않을 거예요. 위협용이에요. 만약 문제가 생겨도 어디서 구했는지 절대 말 안 할게요."

주인이 신중하게 전화를 거는 동안, 그제야 만족스러운 얼굴이 된 주영이 낡아서 가죽이 쩍쩍 갈라진 소파에 앉았다.

16

경민은 차 트렁크에 텐트와 각종 야영 장비를 실었다. 아직 한아가 오지 않았다. 오지 않는 걸까? 오는 게 더 이상하긴 하다. 여기까지 와서 다 망쳐버린 스스로가 원망스러웠다. 경민은 목소리를 가다듬고 유리에게 전화를 걸었다. 목소리를 가다듬다니 얼마나 인간다운가, 쓸데없이 혼자서도 그런 연기를 하다니. 경민은 헛웃음을 짓지 않을 수 없었다.

"디데이예요."

"계획대로 산꼭대기에서 프러포즈하게요? 멋지다. 근데 한아가 등산할 체력이 되던가? 결과가 좋든 안 좋든 말해주세요."

오늘은 유리의 목소리에서 칼칼함을 찾을 수 없었다. 이런 갑각류 같은 사람, 겉껍질 안쪽엔 부드럽기가 그지없었다. 경민이 웃었다.

"네, 그럴게요."

전날, 흔들리던 한아의 눈동자가 마음에 걸렸다. 그런 눈을, 그런 표정을 마주하려고 먼길을 온 건 아니었다.

"유리씨."

끊으려는 유리를 붙잡았다.

"네?"

"만약 한아와 헤어지게 되어도, 정말 고마웠어요."

"설마 그렇게까지 상황이 나빠질 리가요. 다시 안 볼 사람처럼 감사 인사 같은 거 하지 마요."

"한아가 거절하면…… 돌아가야죠."

"친구로? 에이, 친구로 돌아가긴 너무 늦었어."

"여튼, 밤에 바로 보고드릴게요!"

"그래요. 요즘 산에서도 휴대폰 잘 터지더라. 나 엄청 궁금해할 거야."

해가 지기 전에 도착하면 좋겠는데, 머릿속에서 재차 시간을 계산해보며 경민은 한아를 기다렸다. 오지 않는다 해도 이해할 수 있다고 자꾸만 미끄러지는 마음에 어떻게든 마찰을 만들려고 하고 있을 때 모퉁이를 도는 한아가 보였다. 어두운 한아의 표정에도 경민은 반가웠고, 북받쳐올랐

고, 사랑을 확신했다. 등을 곧게 폈다. 아직은 포기할 때가
아니었다. 포기할 수 있는 마음이 아니었다.

두 사람이 어색하게 인사를 나누었다. 희망을 놓지 못한 경
민이 보지 못한 것은 한아의 백팩 속에 든 전기 충격기였다.

한아와 경민이 차에 올라타 떠나고 난 후, 다른 방향에
서 모자를 푹 눌러쓴 주영이 나타났다. 주영의 에코백 안에
는 진짜 총과 무게가 똑같은, 아마 살상력도 비슷할 비비탄
총이 들어 있었다. 에코백의 바닥이 축 늘어져 있다. 주영은
망설이지도, 헤매지도 않고 곧바로 경민의 집으로 향한다.
입주자인 것처럼 느긋하게, 보안이랄 것도 없는 빌라 계단
을 올랐다.

꼭대기 층에서 일단 초인종을 눌러보고, 아무도 대답하
지 않자 살짝 열린 창틈으로 집안을 들여다보았다. 사람의
기척은 없었다. 창문엔 방범창이 달려 있긴 했지만, 툭툭 건
드려보자 세로대 하나가 빠졌다. 체구가 작은 주영이 들어
가기 딱 맞는 틈이 생겼다. 방충망도 그 안쪽도 제대로 잠겨
있지 않았다. 주영은 겉옷을 벗어서 먼저 밀어넣고, 주변을
살핀 후 몸도 밀어넣었다. 어두운 실내에 머리를 들이밀며,
주영은 아폴로가 사라지기 전의 자신 역시 영영 사라졌다

고 느꼈다. 불법 개조된 무기를 들고 무단 침입을 하는 스스로를 예전에는 결코 상상할 수 없었을 것이다. 그러나 착잡한 감정들은 주영의 행동을 느리게 하지도 멎게 하지도 않았다. 김경민이 아폴로의 실종에 조금이라도 책임이 있다면 주영은 알아야 했다.

주영은 바닥에 발을 디딘 다음 발자국을 지우고, 신발을 벗어 옆구리에 꼈다. 긴장을 늦추지 않고 넓지 않은 집안을 둘러보았다.

"뭐야, 이놈의 집 꼴은."

용도가 뭔지 애매한 커다란 테이블 위에는, 만들다 만 것 같은 기계들이 가득했다. 창가에는 길쭉한 망원경이 놓여 있었다. 해적 영화 소품처럼 보였는데 몸통 전체에 새겨져 있는 문양은 매우 낯설었다. 문화재 불법 유통? 또 눈길을 끄는 건 여기저기 어수선하게 흩어져 있는 크리스털들이었다. 가짜 명품 제조? 주영은 한 무더기를 헤집어보았다. 들쭉날쭉한 모양으로 보아 별로 비싼 건 아닌 것 같아, 손바닥에 붙은 보석을 팅 하고 튕겨 털어냈다.

떨리는 손으로 냉장고도 열어보았다. 놀랍도록 아무것도 없었다. 어떤 의미로는 다행이었다. 아폴로의 머리라도 들어 있을까봐 잠깐 긴장했었다. 여기 꼴을 봐선 뭘 발견해도 이상하지 않았다. 문득 창가의 수상한 망원경이 어디를 향하고 있는지 궁금해졌다. 천체 관측용이라기엔 너무 짧고 각도도 낮은데? 역시 성범죄자인가? 주영이 막 망원경을 들여다보려는 순간, 문 쪽에서 소리가 들렸다. 주영이 총을 꺼내어 현관으로 다가갔다. 문이 열리고 들어온 것은 정규였다.

"움직이지 마요."

그러나 정규도 총을 들고 있다. 그것도 주영의 것보다 훨씬 제대로 된, 아무리 봐도 진짜로 보이는 총이다. 그다지 넓지 않은 공간에, 서로 총을 겨눈 두 사람의 호흡이 어지럽게 흩어진다.

이건 뮤직비디오도 아니고, 뭐야?

17

차에 굉장히 정교해 보이는 내비게이션이 장착되어 있었다. 전에는 보지 못했던 물건이었다. 한아는 긴장과 두려움을 이기려고 말을 건다.

"내비게이션 샀나봐?"

세상에, 남자친구가 두렵다니. 어쩌다 이런 지경에 온 걸까. 종국에는 아무 감정 없어질까 걱정했었던 적은 있지만 두려워질 줄은 꿈에도 몰랐다.

"음, 산 건 아니고 만들었어."

경민이 대수롭지 않다는 듯 도로를 주시하며 대답했다. 공대 출신들은 그런 것도 할 줄 아나? 예체능 계열인 한아는 대학 시절 경민의 전공 책 내용을 한 줄도 못 읽었던 기억이 났다. 경민도 한아의 분야를 이해 못하는 건 마찬가지였지만 경민이 보는 책은 정말이지 외계어 같았다.

말이 잠시 끊긴다. 비어 있는 침묵이 아니라 불편하게 꽉 찬 침묵이 흐른다. 젤리 같은 공기, 아주 맛없는 젤리 같은 공기를 못 견디고 경민이 다시 입을 연다.

"함께 떠나본 일은 잘 없었던 것 같아."

"응. 바보 같지만 난 여행을 그렇게 좋아하는 편은 아니니까. 전혀 진취적이지 않지."

한아가 자조적으로 대답했다.

"바보 같다고 생각 안 해. 한 번도 너 바보 같다고 생각한 적 없어. 넌 같은 자리에 있는 걸 지키고 싶어하는 거잖아. 사람들이 너무 당연하게 여기는 것들, 소중하게 생각하지 않는 것들을. 난 너처럼 저탄소 생활을 하는 사람을 본 적이 없어."

한아는 경민의 말에 살짝 기분이 풀렸다.

"그거 알아? 저탄소 생활을 하는 사람이랑 하지 않는 사람이 배출하는 이산화탄소 양이 크게는 일곱 배까지 차이나는 거?"

경민이 웃음을 삼키려 애를 썼다. 저런 점이 정말 참을 수없이 귀엽다니까. 오늘따라 예쁘다는 둥의 흔한 칭찬을 했다면 저렇게 기뻐했을까.

"그래서 이 차도 좀 개조했어. 원래 크기만 하고 연비는 형편없는 차였는데 이제 리터당 40킬로미터쯤 갈 수 있어. 네가 조금이라도 마음 편하게 타라고."

"그런 연비가 가능해? 대단하다. 속도도 잘 나오는데 신기하네. 언제 그런 걸 다 했니? 어쩌면 너는……"

"응?"

한아는 잠시 말을 골랐다.

"어쩌면 나는, 네가 너무 좋은 방향으로만 변하니까 겁먹었는지도 몰라. 너는 자꾸 변하는데 나는 정체되어 있는 걸까봐, 겁먹은 걸지도. 미안해. 뉴스 봤어. 네가 조난 신호용 랜턴을 개발하고 있는 줄 몰랐어. 아이디어가 넘치는 타입인 건 알고 있었지만 정말 제대로 하고 있을 줄은…… 게다가 망상에 가깝게 이상한 오해를 하고 있었어. 어제 술을 너무 과하게 마셨던 건지, 정말 말도 안 되는 상상을 했다니까. 네가 들으면 웃을 거야. 아니, 화낼 거야. 화를 낸다 해도 할말이 없어, 나는."

경민이 한 손을 핸들에서 떼어내 한아의 손을 잡는다.

"불안하게 만든 거 알아. 하지만 오늘 밤엔, 다 말할게. 다 보여줄게."

"어? 너 열나. 손이 굉장히 뜨거워. 괜히 멀리 온 거 아냐?"

한아는 간만에 잡아보는 그 손이 지나치게 뜨겁고 어딘가 촉감이 다르다고 느꼈다. 핸들에 열선을 넣었나?

"자가 발전 때문이야. 신경쓰지 마."

"그런 농담 하지 마."

한아는 웃었지만 경민은 웃다 말았다. 웃다 만 게 미묘하게 신경이 쓰일 즈음, 차가 목적지에 도착했다.

휴가철이 아니라 국립공원 주차장은 비어 있었다. 한아는 만약 도와달라고 비명을 질러도 누가 들을 수 있을까 하는 생각을 해버렸고, 그 생각을 지우려 애썼다. 경민이야. 요새 어째선지 모든 게 혼란스럽게 느껴졌지만 경민이야. 언제나처럼 경민이야. 경민이는 나를 해치지 않아. 평소처럼 자연스럽게, 즐겁게 있으면 돼. 처음에 경민이를 좋아하게 되었던 때처럼 있는 그대로 흐르게 두면 돼. 둘의 관계가 망가진 것은 한쪽이, 정확히는 내가, 안간힘을 써야 했을 때부터였으니까. 그러지 말자, 그러지 말자…… 한아는 스스로를 진정시켰다.

"이제부터는 걸어 올라가야 해. 신발 편한 거 신고 왔어?"

경민이 내비게이션을 차에서 분리했다.

"그건 왜 가져가는데?"

"이제부터 더 필요할 거야. 정확한 위치를 알아야 하거든."

그 말을 이해할 수 없었다. 등산 지도가 필요하단 걸까? 웬만한 데는 화살표로 잘 표시되어 있지 않나? 경민은 한아를 이끌며 한동안 등산로를 그대로 걷다가, 곧 길을 벗어나 산을 헤쳐나가기 시작했고 한아는 불안해졌다. 날카로운 풀들이 한아의 허벅지를 스쳤고, 빛을 흡수하는 검은 나뭇가지에 몇 번이나 눈을 찔릴 뻔했다. 경민이 입은 흰 티는 어쩐지 달빛에 발광하는 듯했는데 한아는 오랫동안 봐온 그 등에서 익숙함을 찾으려 노력했다. 저 등은 언제나 가슴을 아프게 했었다. 한아를 아프게 하려고 빚어놓은 실루엣 같았다. 툭 튀어나온 양 어깨뼈 사이, 깊고 우묵한 곳에 이마를 대고 울고 싶어졌더랬다. 하지만 언제나 점점 멀어져 잰걸음으로 쫓느라 한아는 울 시간도 없었다. 그때마다 얻은 자잘한 상처 위에 상처가 겹쳐 단단한 살이 될 때까지 이토록 오래 걸렸는데, 왜 이제 와서 다시 아파지려는 걸까? 아파할 여력이 남아 있었나. 이런 강렬한 감정들에 다시 휘말릴 줄이야.

더이상 걸을 수 없을 것 같아, 막 그 말이 나오려는 차에 갑자기 뻥 뚫린 공터에 이르렀다. 인공적으로 만든 것 같기도 했고 나무들이 죽어 생긴 곳 같기도 했다.

"여기야."

경민이 바닥에 무거운 짐들을 내려놓았다.

"아, 원래 알던 데야? 언제 와봤어?"

"아니, 여기로 어떤 물건이 배달되기로 되어 있어. 네 옆에 있기 위해서 이런저런 계약을 해야 했거든."

대체 누가 이 밤중에 이 말도 안 되는 위치로 물건을 배달한단 말인가. 택배일 리는 없었다. 조직폭력배?

"무슨 위험한 일에 연루된 거 아니지?"

경민이 사랑스럽다는 듯 한아를 안고 이마에 입을 맞췄다. 한아는 미처 피하지 못했다.

"나 그거 싫어해. 이마."

"정말? 몰랐어. 자주 그랬던 것 같은데…… 미안."

경민이 이번엔 한아의 입에 제대로 키스했다. 이번엔 알고 있었는데도 피할 수 없었다. 불안과 의심이 차오르는데도 왜 경민을 외면할 수는 없는 걸까, 한아는 스스로가 못마땅했다.

"자, 이제 텐트 치자."

18

"내려놔, 내려놔, 안 내려놓으면 쏜다!"

"아저씨나 내려놔. 나 진심이야. 잃을 거 없다고!"

정규와 주영은 서로의 말을 듣지 않고 마구 소리를 질러댔다. 총신이 자꾸자꾸 각을 바꾸며 서로를 향했다. 이 여자가 전화를 했던 그 여자인가? 아니, 목소리가 다르다. 어려, 끽해야 이십대 초반. 어쩌면 십대 후반일지도 모른다. 게다가 완전히 아마추어 같았다. 총은 뭐지? 한 번도 본 적 없는 모델이었다.

상대가 아마추어라는 것을 깨닫자 정규가 먼저 흥분을 가라앉혔다.

"여기 삽니까?"

정규가 차분한 존댓말로 물어보자, 주영은 대답을 할까

말까 망설였다. 주영 역시 정규의 얼굴을 지난 조사 과정에서 떠오른 얼굴들과 빠르게 매치해나가고 있었지만, 머릿속 어디에도 없는 얼굴이었다. 게다가 양복과 신발과 헤어스타일, 각이 장난 아니다. 이 사람, 경찰인가? 경찰이라면 이런 난감한 상황도 없는데, 망했네……

"저는 여기 사는 남자에 대해 수사하고 있는 요원입니다. 신고가 들어와서 확인차 방문했는데 침입의 흔적이 있어 프로토콜을 따르고 있을 뿐, 먼저 공격할 의사가 없습니다. 이 주소의 거주자 김경민은 산업 스파이나 그에 준하는 위험인물로 간주되고 있습니다. 무슨 관계에 있습니까?"

"나도, 나도, 그 남자한테 물어볼 게 있어서 온 것뿐이에요. 제 소중한 사람을 그 남자가 없앤 것 같다고요."

"그렇다면 양쪽의 목표가 일치하는 것 같은데, 이제 동시에 내려놓기로 합시다."

쏠 것 같지는 않다. 거짓말을 하는 눈은 아니다. 팬클럽 회장직을 하며 방송 음악계의 어둡고 탁한 인물들을 숱하게 봐온 주영은, 나이는 어리지만 사람을 빨리 파악하는 편이었다. 속성으로 관상학을 익힌 셈이었다. 가슴이 올라올 정도로 크게 숨을 들이마신 다음, 주영이 먼저 기척도 없이 총을 내렸다. 곧바로 정규도 팔을 풀고, 안전장치를 잠갔다.

주영과 정규는 이제 총을 치우고 방바닥에 주저앉아 있다. 두 사람의 기민한 성격 덕분에 서로 빠른 설명을 할 수 있었고, 격한 긴장이 풀리고 나니 피곤함이 몰려왔다.

"아아아, 무슨 요즘 아이돌 빠…… 팬은 총을 들고 다녀요?"

"아폴로는 아이돌이 아니라 싱어송라이터고요, 빠순이는 멸칭입니다. 기분 나빠요. 그리고 무슨 국정원이 팬클럽 회장보다 더 정보력이 달려요?"

"그거 진짜 믿을 수 있는 얘기인가?"

"그럼 저랑, 아저씨한테 전화한 그 여자분이랑 둘 다 무슨 환각이라도 봤단 거예요? 다른 설명이 불가능해요."

주영은 이야기를 나눠보니 정규가 자신보다 그다지 나이가 많지 않다는 걸 깨달았지만 아저씨라 부르면서 기선 제압을 하기로 했다. 정규는 〈엑스 파일〉에 나오는 그런 숨겨진 부서가 한국에도 있으려나 잠시 고민했다.

"그래도 누구랑 이야기를 하니까 덜 미친 이론인 것 같고 안심되네요."

국가 공무원이 비슷한 의심으로 같은 장소에 와 있다는 것이 상당히 마음의 위로가 되는 주영이었다.

"어, 근데 아폴로랑 세 살밖에 차이 안 나는데 왜 그쪽은 오빠고 전 아저씨인 건지……"

"비교할 대상이랑 비교해야지."

주영이 어이없다는 듯 쳐다봐서, 정규는 입을 다물었다. 시험 준비를 하느라 몇 년을 보내고, 일하기 시작한 이후엔 내내 아저씨들과 함께 있다보니 아저씨화되고 말았다. 직장 문화에 적합하게 바꾼 헤어스타일 때문에 더 그렇게 보이는지도 몰랐다.

"아아, 배고프다. 잠깐 체크만 하고 갈랬는데 말이죠."

"이 외계인인지 변태인지는 왜 집엘 안 들어와? 들킨 거 아닐까요?"

"모르죠. 지원 요청을 해야 하나? 하지만 이 모든 게 우리 예상과 어긋난다면 저도 입장이……"

"일단 뭐 먹을까요?"

"나가서 뭘 사오는 게……"

"그냥 배달시키죠."

서로 총을 겨눴던 두 사람은 나란히 경민의 부엌 서랍을 뒤지며 중국요릿집 번호를 찾는다.

이것은 아주 이상한 밤의 시작.

19

텐트 설치는 오래 걸리지 않았다. 경민은 꽤 편안한 캠핑 의자와 작은 온열기기를 꺼내주었다. 그 따뜻한 빛이 경민과 한아 사이의 공기를 살짝 누그러뜨렸다. 한아가 기억하는 경민은, 언제나 공기를 자기만의 색으로 채색하는 사람이었다. 이국적인 음식 냄새 한줄기에 한아의 손을 이끌고 이 골목 저 골목을 헤맨 다음 끝내 새로운 식당을 찾아냈고, 사진 한 장을 보고 이름도 낯선 나라에 반해 그 나라의 모든 자료를 흡수하며 마치 전생에 거기서 태어났던 사람처럼 1년 내내 그곳 이야기를 해댔다. 경민의 여행 준비는 그렇게나 대대적이었다. 한아도 경민의 세상에 대한 관심과 쉽게 전이되는 흥분을 싫어하지 않았다. 매일 경이를 느끼는 사람, 바깥에 대해 늘 궁금해하는 사람과 함께 있는 건 즐거웠다. 경민에게 반할 수밖에 없었던 그 마음을 재생시켜야 한다고 다짐한다. 어딘가 한아 안에 4K 화질로 저장되어 있을 거라고.

오랫동안 마주앉아, 한아는 경민의 얼굴에서 낯익은 음영을 짚어내려 애를 쓴다. 나는 저 눈썹을 안다. 코를 안다. 심지어 저 다문 입안, 몇 번째 어금니에 금니가 있는지도 안다. 알고 있다.

"이상해. 내내 봐온 얼굴인데 왜 달라 보였을까?"

경민은 별 대답 없이 시계를 본다.

"슬슬 올 때가 되었는데."

"뭐가?"

"아아, 저거다."

경민이 손가락으로 하늘을 가리킨다. 한아는 뭐가 있나 함께 올려다본다. 빠르게 움직이는 하얀 선. 아주 작지만 빛나는, 떨어지는 별.

"아, 저거 보러 온 거야?"

질리지도 않나. 또 저거야. 생각보다 길게 떨어지네? 한아는 자세히 보려 눈을 가늘게 떴다. 하지만 곧 찌푸릴 필요가 없어졌다. 충분히 잘 보이기 시작했던 것이다.

너무 빨리 움직였다.

게다가 점점 커지고 있었다.

더이상 흰빛이 아니었다. 붉고 푸르게 불완전 연소하며 주변의 공기를 태우면서 강하했다. 한아는 문득, 스스로가 어울리지 않는 장르에 갇힌 만화 캐릭터 같다는 생각을 했다. 이건, 아주 과장이 심한 스포츠 만화에 나오는 불꽃 강속구 아냐. 나는 한 회 나오고 옷이 까맣게 타버리는 불행한 엑스트라 골키퍼인가? 죽기 직전에 드는 생각이 스포츠 만화의 과장에 관한 단상이라니, 어쩜 내 인생은 이렇게나 볼품없는 거지? 아, 눈이 타버릴 것 같아. 감자. 감아버리자. 어째서 눈이 안 감겨! 한아가 겨우 눈을 감았을 때,

소리가, 아주 괴로운 소리가 났다. 엄청난 굉음이었다.

경민이 대신 한아의 귀를 막아주었다. 바보 같아. 눈은 감을 수 있는데 왜 귀는 안 감기지? 동물들은 곧잘 귀를 움직여 잘 닫더마는! 아, 나는 위기가 올 때 속으로 주절거리는 타입이었구나. 한아는 불빛에 놀라 로드킬을 당하는 동물들처럼 몸이 뻣뻣하게 굳는 걸 느꼈다. 경민이 한아를 진정시키려 이런저런 말을 했지만 들리지 않았다. 자기 손으로 내 귀를 막고 있으면서 뭐라 말하는 거야. 얘도 정신없군. 안 들려. 안 들린다고. 그럼에도 그 운석이 지표와 마찰을 일으키며, 나무들을 쓰러뜨리며 다가오는 진동을 한아는 온몸으로 느낄 수 있었다.

공터 가운데서 운석이 멈췄다. 두 사람을 덮칠 줄 알았는데, 그래도 십 몇 미터는 떨어진 곳이었다. 바닥에는 한아의 키만큼 깊게 파인 자국이 나고, 한참을 탔다. 넋이 나간 한아를 잘 앉힌 경민은 텐트에서 냉각 스프레이 비슷한 것을 가져와 뿌렸다. 한 번도 맡아본 적 없는 냄새의 연기가 피어올랐다. 아주 매운 냄새였다.

타오르기를 멈춘 운석은 언젠가의 경민처럼 이질적인 녹색빛을 띠고 있었다. 외부의 여러 층이 충격으로 떨어져나가자 안에는 매끈한 금속이 보였다. 세라믹 도기 같은 하얀색이지만 금속성이었다. 한아는 겨우 정신을 차렸다.

빠르게 경민에게서 몸을 떼고 텐트로 갔다. 백팩에서 전기 충격기를 꺼냈다. 전원을 켜려고 서두르는 바람에 손톱이 부러졌다. 경민은 그런 한아를 묵묵히 지켜보며 역시 주머니에서 뭔가를 꺼냈다. 한아가 한쪽 무릎으로 꿇어앉은 경민의 목 밑으로 전기 충격기를 겨눌 때, 경민이 주머니에서 꺼낸 것은 반지였다.

경민의 아주 고전적인 자세와, 그에 답하는 한아의 전혀 고전적이지 않은 자세. 연기와 빛 속에서 그건 정말 희한한 구도였다.

"나도 저렇게 여기에 왔어. 2만 광년을, 너와 있기 위해 왔어."

한아는 울지 않으려 애를 썼지만 실패했다.

"경민이…… 진짜 경민이 어딨어?"

"경민씨의 이름, 얼굴, 정보…… 특히 너와 관련된 정보들과 내 우주 자유 여행권을 서로 바꿨어. 완전히 자발적인 과정이었고 경민씨를 결코 해치지 않았어. 동의하에 바꾼 거야. 지금쯤은 이 은하계 바깥을 탐험하고 있을 거야. 그거 내려놔. 나한테는 괜찮은데 너한테 위험해. 나는 전도율이 꽤 높아서."

한아는 경민의, 아니 경민이라 생각해왔던 이의 설명을 전혀 이해하지 못했고 동시에 모두 이해했다. 충격 속에서 인간의 뇌는 경이로운 일들을 해내기 마련이다. 신경 세포들이 그렇게 풀가동된 게 얼마 만인지 몰랐다. 그 과정을 마치고 나자, 한아는 결국 전기 충격기를 떨구었다. 최근의 상상이 최악이었던 것은 기본 전제가 더 끔찍했기 때문이라는 걸 이제야 도출해낸 것이다. 한아가 온 어깨로 전기 충격기를 흙바닥에 던지고, 그 바닥에 퍽 소리가 나게 앉아서, 울기 시작했다.

"흐어어어어엉, 그 나쁜 새끼, 그럴 줄 알았어. 망나니 새끼, 지구 밖까지 도망가다니. 어떻게 나한테 이래?!"

그렇게 한 번도 돌아보지 않고 우주로 떠나다니. 한아는 마지막 작별을 기억해내고는 치를 떨었다. 다이옥신 같은 새끼, 미세먼지 같은, 아니, 미세 플라스틱 같은 새끼, 낙진 같은 새끼, 옥시벤존, 옥티녹세이트 같은 새끼, 음식물 쓰레기 같은 새끼, 더러운, 정말 더러운 새끼, 밑바닥까지 더러운 새끼, 우주의 가장 끔찍한 곳에서 객사나 해라…… 더 심한 욕을 하고 싶었지만, 불행히도 어휘력이 달렸다. 한아는 평소에 욕을 좀 연마해둘걸 후회했다. 유리가 욕을 잘하는데 좀 배워둘걸.

경민이 한아의 발작적인, 비명과도 같은 울음에 멈칫하고 겁먹은 표정을 지었지만 조심스레 말을 이었다.

"나는 안 될까. 처음부터 자기소개를 제대로 했으면 좋았겠지만, 아무리 생각해도 이게 더 나은 방법일 것 같았어. 그래도 나는 안 될까. 너를 직접 만나려고 2만 광년을 왔어. 내 별과 모두와 모든 것과 자유 여행권을 버리고. 그걸 너에게 이해해달라거나 보상해달라고 요구하는 건 아냐. 그냥 고려해달라는 거야. 너한테 아무것도 바라지 않아. 그냥 내 바람을 말하는 거야. 필요한 만큼 생각해봐도 좋아. 기다릴게. 사실 지금 이 이야기를 할 수 있다는 것만으로도 난 괜찮은 것 같아. 우주가 아무리 넓어도 직접 하지 않으면 안 되는 이야기들이 있으니까. 이거면 됐어."

한아는 기가 막혔다. 이 정체불명의 외계인이 무슨 얘기를 하는 건가? 지금 이 순간 가장 증오스러운 얼굴을 빌려 쓰고서는? 한 번도 지구에 이런 걸 초청해야겠다고 생각한 적은 없었다. 뻔뻔스러운 외계 생물 같으니.

"넌 대체 뭐야? 대체 원래는 어떻게 생긴 생물인 거야?"

경민은 잠깐 망설였지만, 오래 망설이진 않았다. 양손으로 턱을 누르자 딸깍 하는 소리가 났다.

그러고는 한아의 눈앞에 대고 턱을 떨어뜨렸다. 턱이 끝없이 떨어졌다. 가만히 두면 배꼽까지 떨어질 것 같았지만 가슴께에서 멈췄다. 경민의 몸속에서 약간의 수증기와 함께 은은한 초록빛이 흘러나왔다. 한아가 몸을 일으켜 그 안을 들여다보았다.

"……딸꾹."

한아는 울음을 멈추고 딸꾹질을 시작했다.

도저히 눈을 뗄 수 없는 광경이 그 안에 있었다.

훗날 한아는 그 순간이, 인생의 분기점이었다고 회고했다.

20

배불리 먹은 주영과 정규는 기묘한 잠복근무중에 나란히 졸고 말았다. 멀리 산속에서 벌어지고 있는 놀라운 조우는 꿈에도 모른 채.

그나마 정규가 먼저 화들짝 깼다. 위험할 수 있는 상황에서 그토록 깊이 잠이 들다니 믿을 수 없었다. 다행히 잠들기 전과 달라진 건 없었다. 김경민은 아직 돌아오지 않았고, 팬클럽 회장만 목이 꺾인 것처럼 불편한 자세로 자고 있었다. 정규는 손을 쓰지 않고 쿠션을 이용해 주영을 툭 쳐서 소파에 눕혔다. 때린 게 아니야, 눕힌 거야, 하고 혼자 중얼거렸다. 소파 등에 걸려 있던 이국적인 담요도 대충 덮어주었다. 주영에겐 오랜만의 숙면이었다. 제 등을 지켜줄 사람을 제대로 가진 적이 없는 어리고 용감한 팬클럽 회장이었다.

"아이고, 이렇게 대책 없이 잘 거면서 까불었구만."

정규는 에코백 위에 아무렇게나 놓인 주영의 불법 개조 총을 집어들었다. 분리해보니 얼마나 위험한 물건인지 알 것 같았다. 도쿄 가부키초에서 조직폭력배들이 비슷한 물건으로 사건을 일으켰다는 뉴스를 본 적이 있었다. 제 딴에는 외계인에게 맞서려고 어마어마하게 무리한 모양인데, 일반 시민이 이런 선택을 했다는 건 역시 관련 당국을 전혀 믿지 않아서이거나 관련 당국에 커다란 구멍이 있어서 위험을 감지하지 못한 탓일 것이다. 정규조차 신고 전화를 받고도 너무 늦게 움직였으니…… 정년과 연금 때문에 공무원이 되고 싶었던 것만은 아니었다. 공공의 일을 한다는 것, 안전을 지키는 시스템의 일부가 된다는 것에 마음이 끌려 한 선택이었는데, 현실은 멀어도 한참 멀어 한숨이 났다. 상호 간에 신뢰가 없는 사회였다. 윗세대가 완전히 망쳐버린 것을 우리 세대가 다시 회복할 수 있을까?

일단 한 사람의 신뢰를 얻자.

정규는 다시 잠들지 않기 위해 푹신하지 않은, 불편한 나무의자를 골라 문 쪽을 향해 앉았다. 배가 불러서 남겼던, 식은 군만두를 씹으며 꼿꼿하게 몸을 세웠다.

21

"너 생물이긴 한 거니?"

"40퍼센트 정도는 광물이야. 딱 보기에도 그렇지? 탄소대사를 하지 않으니 이런저런 기계 장치가 덧붙은 건데 그건 빼고 봐줘. 어쩐지 부끄럽다."

어느 포인트에서 부끄러운 건지 전혀 판단할 수 없어, 한아는 탁 맥이 풀렸다. 경민은 알몸을 보여준 것처럼 굴었지만 그건 그보다는 회전하며 구조를 바꾸는 광물이라 만화경을 들여다본 것 같았고, 미묘하게도 한아가 느낀 건…… 아름다움이었다.

아름다운 구조물이었다.

조금 진정되면 다시 보여달라고 하고 싶을 만큼. 비늘 같은 게 달려 있지 않아서 다행이었다. 비늘이라면 익숙하긴 했겠지만, 그래도 싫었을 것이다. 진정이 된 건지, 충격의 더 큰 단계로 넘어간 건지 한아는 스스로의 상태를 도무지 판단할 수가 없었다. 다행히 딸꾹질은 멈췄지만 횡격막과 늑골에 뻐근한 통증이 남았다.

"이름이 뭐라고?"

이름을 묻는 게 예의일 것 같았다. 상식 있는 지구인으로서의 예의.

"어차피 발음 못해. 그냥 편한 대로 불러."

"그럼 그냥 나중에 정하자."

그래서 한아는 경민이, 일단은 경민이라고 부를 수밖에 없는 것이 따뜻한 수프를 가져다주도록 가만두었다. 가만두는 것 말고 뭘 할 수 있단 말인가? 내비게이션으로밖에 알 수 없는 산속 깊은 지점에 외계인과 단둘인데. 외계인보다 조난이 무서웠다. 그 무서움의 도치가 더 무서웠다.

"자유 여행권이란 게 대체 뭐야? 아까 뭐라 했잖아."

한아 머릿속에는 아무리 생각해도 놀이공원 자유이용권

밖에 떠오르지 않았다. 경민이 보온병에서 따른 수프에 따로 싸온 크루통을 뿌리며 대답했다.

"음. 아주 희귀한 여행 허가서 같은 거야. 3천 년 동안 전쟁이 일어나지 않은 별의 시민들에게만 주어져. 우주에 폭력이 전염되지 않도록."

"여기라면 턱도 없겠다. 굉장히 평화로운 데에서 왔구나."

한아는 갑자기 평생 가져본 적 없는 열등감을 느꼈다. 선진국도 아니고 선진 행성에 대한 열등감이라니.

"평화로운 셈이지. 우린 자가 분열로 번식을 하는데다가 인간보다 강한 집단 무의식으로 꿈이 이어져 있거든. 개체이면서 모두야. 선량하기보다는 지루한 생명체라서 전쟁이 없어. 무엇보다 망원경 기술이 굉장히 발달해서, 다른 별을 구경하느라 싸울 시간도 없고."

"망원경이 특산품?"

"응. 몸의 일부를 제련해서 만드는데, 거의 실시간으로 우주를 볼 수 있어. 대외비라 말해줄 수는 없지만, 고도로 발달한 광학 기술과 텔레파시 능력을 합쳐 물리학 법칙을 구부리는 원리의 망원경이야."

"너도 가지고 있었니? 그걸로 날 본 거야?"

"그리고 반해버린 거지. 그거 알아? 내가 너한테 반하는 바람에, 우리 별 전체가 네 꿈을 꿨던 거? 하지만 첫번째로 널 보고 널 생각한 건 나였기 때문에 내가 온 거야."

"왜? 다른 별들도 많잖아? 다른 사람들도 많잖아?"

"아, 아직 말이 익숙지 않아서 잠깐만 생각을 정리하고 말해줄게. 이런 문제를 말로 설명할 수 있을지 모르겠다. 고향에서는 웬만하면 그냥 감정이 잘 전달되니까 이런 건 아직 어려워."

그래서 두 사람은 조용히 수프를 마셨다. 경민이 할말을 다듬는 데는 5분쯤 걸렸다.

"망원경은 몸의 일부로 만든 것이라서, 본체가 꿈을 꾸고 있을 때는 스스로 움직여. 대개는 어떤 일관성 없이 그저 산발적으로 우주의 곳곳을 비추고 있지. 그런데 내 망원경은 달랐어. 깨어나서 내가 잠든 동안 어디를 비췄는지 체크해보면 꼭 비슷한 지점을 스쳐갔더라고. 지구에서도 아주 좁은 면적을. 우주가 얼마나 넓은데 그건 너무 이상한 일이었어. 그래서 한동안 잠들지 않고 계속 그 근처를 살폈지. 곧 망원경이 뭘 보고 있었는지 알았어. 그러니까, 웃기지? 나보다 내 망원경이 더 먼저 널 사랑한 거야."

"아…… 여기에도 그 비슷한 말이 있어. 마음보다 몸이 먼저 끌린다는 말."

한아가 비아냥거리자 경민이 울컥했다.

"엥, 그렇게 말하면 좀 저열하게 들리지 않아? 조금 다르다고! 어찌되었건 내가 본 너는 엄청나게 일관된 사람으로, 혼자 엔트로피와 싸우고 있는 거 같았어. 파괴적인 종족으로 태어났지만 그 본능에서 가장 멀리 떨어져 있었지. 너는 비 오는 날 보도블록에 올라온 지렁이를 조심히 화단으로 옮겨주고, 한 번도 만난 적 없는 고래를 형제자매로 생각했어. 땅 위의 작은 생물과 물속의 커다란 생물까지 너와 이어지지 않은 개체는 없다는 걸, 넌 우주를 모르고 지구 위에서도 아주 좁은 곳에 머물고 있었는데도 이해하고 있었어. 나는 너의 그 선험적 이해를 이해할 수 없었어. 인간이 인간과 인간 아닌 모든 것들을 끊임없이 죽이고 또 죽이는 이 끔찍한 행성에서, 어떻게 전체의 특성을 닮지 않는 걸까. 너는 우주를 전혀 모르는데, 어떻게 우주를 넘어서는 걸까. 너는 너무 멀리 있는데, 나는 왜 널 가깝게 느낄까. 내가 네 옆에 있는 바보 인간보다 더 가까울 거라고, 그런데 그걸 넌 모르니까, 전혀 모르니까, 도저히 잠들 수 없었어. 꿈을 꿀 수 없었고, 고체로 된 안쪽이 우리 행성에는 존재하지 않는 액체가 되어가는 것 같았어. 액체 상태가 없거든. 죽으면 기화해버려, 가스로. 그런데도 액체 상태인 마음을 알았으니, 나역시 어느 순간 내가 속한 곳을 닮지 않게 된 거지. 그러다가 망원경 조종법을 잊게 될 정도였어. 한곳에 고정되어버렸으니까."

경민이 수프를 꼴깍, 넘기고 덧붙였다.

"생각하고 말해도 별로 좋은 설명은 아니네."

"응, 하나도…… 그보다 그 수프 대체 어떻게 되는 거야?"

"뭘 안 먹으면 다들 이상하게 생각할 것 같아서. 연소 기관을 부착했어. 친환경적이야. 효율이 높아."

"나는 이해가 안 가."

"그것도 보여줄까?"

경민이 배 어디쯤을 열려고 해서 한아가 손을 내밀어 만류했다.

"아니, 내가 이해가 안 된다는 건…… 나랑 비슷한 생각을 가지고 사는 지구인은 아주 많다고. 환경주의자들이 지구에 그래도 5억은 살고 있지 않겠어? 그 사람들과 나는 다를 게 없는데 왜 하필 나야?"

"그 생각, 나도 했지. 그래서 억지로 수십억 다른 지구인들을 관찰해봤는데도 같은 감정은 느껴지지 않았어. 미적인 기준이 워낙 다르기 때문에 솔직히 인간은 아무리 봐도 아름답게 안 느껴져. 근데 너만…… 너만 아름다웠어. 빛났어. 눈부셨어."

저 자식 눈이 있던가? 아까 눈을 본 기억이 없는데? 아름답건 말건 프라이버시 침해를 우주적으로 당한 것도 싫었다.

"아니, 잠깐. 그 망원경이라는 거 막 벽을 뚫고 보이는 거야?"

"아냐, 아냐. 평범하게 길거리 정도가 보일 뿐이야. 너희 가게 유리창이 크니까 작업하는 걸 볼 수 있었고…… 가까이에서 보고 싶었어. 나는 탄소 대사를 하지 않는데도 네가 내뿜는 이산화탄소를 흡수하고 싶었어. 촉각이 거의 퇴화했는데도 얼굴과 목을 만져보고 싶었어. 들을 수 있는 음역이 아예 다른데도 목소리가 듣고 싶었어. 너를 위한, 너에게만 맞춘 감각 변환기를 마련하는 데 긴 시간이 들었어."

한아는 다정한 지구인이었으므로, 거기까지 듣자 마음이 조금 누그러졌다.

"그럼 왜 경민이 얼굴로 왔어? 물론 처음에 널 봤으면 꽤 놀랐겠지만…… 정우성 얼굴로 올 수도 있었잖아!"

한아는 경민을 빙자해 다가온 것에 대해 불만을 토로했다. 그건 아무리 봐도 사기였다. 우주적 사기.

"나는 너를 보는 동안, 경민씨도 봐야 했어. 그 사람도 인류 평균으로는 나쁜 사람이 아니었지만 너를 대하는 건 그다지 마음에 들지 않았지. 자기가 누리고 있는 행운을 이해하지 못하더라고. 그것과 별개로 네가 진짜 경민씨를 사랑하고, 그 사랑은 우주에서도 아주 희귀한 종류라는 걸 알았으니까 나에게도 선택권이 많지 않았어. 비겁했다는 거 알아. 경민씨에게 그런 거래를 제안한 거. 하지만 놀라게 하지 않고 만나고 싶었어. 너의 공간에서 함께 있고 싶었어. 자연스럽게라면 결코 일어나지 않았을 만남이니까, 자연스러움을 가공하고 싶었어. 이제 다 털어놓았으니, 경민씨 얼굴이 불편하다면 바꿀게."

"박보검도 돼? 박서준도 좋아. 아, 임시완! 역시 임시완이 좋겠어."

한아가 떠오르는 대로 좋아하는 배우들의 이름을 말하자 경민이 진심으로 난처한 얼굴을 했다.

"초상권을 존중해줘야지. 하지만 취향은 잘 고려해볼게."

"농담이었어."

"진담도 섞여 있지 않았어?"

한아는 농담으로 스스로의 정신을 보호하려고 애를 쓰며 습득한 정보들을 처리하려고 노력했다. 그러나 맞은편에 앉은 자는 한아가 생각에 잠기도록 두지 않았다.

"프러포즈는 대실패지? 유리씨랑 열심히 준비한 건데. 아마 지금 전화를 기다리고 있을 거야."

"으으으, 유리 녀석."

한아는 잠시 가장 친한 친구이자 월세 분담자를 떠올리며 그르렁거렸다. 똑똑하고 쿨한 척은 혼자 다 하면서 직감이라고는 한 톨도 없는 인간 같으니. 외계인을 등 떠밀어 프러포즈하게 만들다니 제정신인가. 한아는 간이 테이블 위에 놓인 빙글빙글 도는 반지를 내려다보았다. 어디서 이런 희한한 물건을.

"안 지 몇 달 안 된 외계인이랑 어떻게 결혼하냐?"

두려움이 어느 정도 가시자 부아가 터지는 한아였다.

"그건 그렇지. 근데 유리씨한테 말해줘야 하니까 물어나 본 거야."

경민의 탈을 쓴 생물체는 금방 시무룩해졌다.

"그리고…… 이건 정말 말 안 하려고 했는데, 혹시 네가 결정하는 데 방해가 될까봐. 지구 방문의 유의미함을 입증하지 못하면 방문 승인이 연장되지 않아."

"비자 같은 건가?"

"응, 근데 유의미함이란 거 입증하기 어려우니까 너와의 관계를 지구 서류로 입증할까 했었지."

"너…… 너희 동네에선 평판이 어떤 편이야?"

"아, 좀 과감하다는 소리는 들어."

"나와 유의미한 관계인 걸 입증하지 못하면 언제까지 여기 있는데?"

"2년쯤 더? 하지만 만약 네가 날 보고 싶어하지 않으면 어디 먼 데 가 있을게. 칠레라든가, 그린란드라든가."

궁상 맞은 연기를 하는 외계인을 보니 짜증이 났다.

"만약 내가 승낙하면?"

"그럼 네가 죽을 때까지 쭉 머물 거야."

"네 수명은?"

"지구 단위로는 앞으로 8만 년쯤 더 살 수 있어. 그래도 여기 오느라 많이 까먹은 건데."

"내가 죽은 다음에는?"

"글쎄, 네가 없어도 지구가 여전히 마음에 들지는 모르겠어. 자유 여행권이 없으니 편도 티켓이라도 알아봐야지. 저기 저 운석에 든 게 편도 티켓이야. 내 건 아니지만…… 여기 온다고 빚을 져서 대신 전달 업무를 맡았어."

한아는 최근의 일들을 생각했다. 불안을 느끼기 전, 경민이 처음으로 그녀를 돌아봐주고 돌보아준다고 느꼈을 때의 안도감을 떠올렸다. 그건 아주 달콤한 기분이었다.

테이블 위의 반지를 가져와 꼈다.

내가 돌았구나. 뭔가 유독한 물질에 엄청 노출된 나머지 정신을 놓은 게 틀림없어…… 한아는 외계인 하나를 패닉 상태에 몰아넣으며 담담하게 굴었다. 지나고 나서야 깨달았지만 이때 한아의 행동은 어이없는 외계인에게 기회를 주려던 것이라기보다는 진짜 경민에 대한 격한 분노에서 비롯된 것에 가까웠다. 대기권을 통과하는 운석의 표면보다 훨씬 뜨겁고 훨씬 산소를 많이 소모하는 분노였다. 나쁜 새끼. 이마에 뽀뽀를 하고는 우주 끝까지 달려가버린 싸가지 없는 새끼…… 한아는 스스로를 어딘가에 던지고 싶었다. 뛰어내리는 대신 외계인을 만나보기로 한 것이다.

"일단 약혼이라고 그래. 약혼도 유의미하잖아. 필요하면 내용 증명이라도 써줄게."

"뭐?"

"진짜 결혼한다는 건 아니야. 멀리 왔다는데 나도 궁금하잖아."

자포자기해서, 말했다.

"진심이야?"

외계인은 심장마비에 걸리기 직전의 얼굴로 기뻐했다. 심장이 있다면 말이지만.

"일단 친구부터 해. 그리고 지구를 침략하려 들면 바로 파혼할 거야."

경민이 한아를 포옹하려 들었지만, 한아가 손가락으로 이마를 밀어서 제지하고 서로 악수를 나눴다. 그러나 아직 턱에 맺혀 있는 눈물을 닦아주려 했을 때는 막지 않았다. 경민의 손보다 온도가 높고, 굳은살이 없는 손이었다. 쌓인 기억이 없는 손이었다.

산속의 서늘한 공기가 눈물을 금세 마르게 했다. 하지만 한동안은 속으로, 속으로 눈물이 흐르겠지. 내 안쪽도 그런 빛나는 돌이라면, 눈물에 다 녹아버릴 거야. 한아는 식어버린 수프 컵을 내려놓았다.

"그럼, 이제 이걸 챙겨서 돌아갈까?"

경민이 하늘에서 떨어진 알 수 없는 구체 속으로 손을 쑥 넣었다. 초록색 기운이 경민의 팔로 흡수되었다. 이젠 뭘 봐도 별로 놀라지 않게 된 한아가 물었다.

"그걸 누구한테 전해야 한다고?"

22

주영이 여덟 시간을 푹 자고 일어나 부은 눈을 떴다.

"불침번의 기본이 안 되었군요?"

정규가 놀리는 투로 말했다.

"깨워서 시키지 그랬어요?"

"못 미더워서."

"언제 잠든지도 모르겠네. 아폴로 꿈을 꿨어요."

주영의 표정으로는 좋은 꿈인지 나쁜 꿈인지 판별할 수 없었다. 정규는 시계를 보았다. 곧 출근해야 할 시간이었다. 공무를 하고 있는 거긴 한데, 보고를 안 했으니 무단결근이 될 위기였다. 해가 뜨니 모든 게 비현실적으로 느껴졌다. 내가 왜 이 여자애랑 여기서 이러고 있지? 모든 게 커다란 착각이 아닐까? 정규는 어긋난 느낌을 좋아하지 않았다.

"그 변태 외계인은 도망간 거 아닐까요, 눈치채고?"

주영이 싱크대에서 대충 세수를 하며 물었다.

"그럴 수도 있죠. 슬슬 철수해야겠다. 학교 안 가요?"

"갔다가 나중에 또 올 거예요. 요원님은요?"

"저녁때 시간이 되려나 잘 모르겠어요. 어쨌든 혼자 이런 위험한 물건 들고 다니는 건……"

"다른 수가 없잖아요? 상대방은 막 레이저 쏘는 모양인데."

달칵, 자물쇠 돌아가는 소리가 났다.

"쉿!"

정규와 주영이 소리 없이 움직여 각자의 무기로 손을 뻗었다. 하루 사이에 호흡이 무척 잘 맞게 된 두 사람이었고 문이 열리자 동시에 현관 쪽으로 총을 겨누었다. 한아와 경민이 거기 멈추었다.

그 시각, 유리는 평소보다 일찍 나와서 한아 대신 가게 문을 열고 있었다. 친구와 그 약혼자에게 닥친 위기를 전혀 생각지 못한 채였다. 전화를 한 번 놓치는 바람에 어떻게 되었는지 전해 듣지 못했고 얼른 듣고 싶어 휴대폰을 자꾸 들여다보았다.

"걔가 쏟아져서 전화 안 하나? 그래도 나한테 말해줘야지. 센스가 없어, 센스가."

23

긴장 속에 네 사람이 서 있었다. 한아는 이 모르는 사람들이 왜 여기에 침입해 있나 충격을 받았다. 한 사람은 자기가 초대한 거나 다름없다는 걸 꿈에도 생각 못한 채. 전날 밤에 받은 충격만으로 평생 받을 건 다 받았다고 생각했는데 끝이 없었다. 우주적으로 꼬인 인생이란 생각이 들었다.

"일단 총들 치워주세요."

한아보다는 덜 놀란 것 같은 경민이 제안했다.

"위험 요소가 없다고 판단될 때까지 그럴 수 없습니다."

정규가 말했고, 한아는 어딘가 익숙한 목소리라고 생각했다.

"주영씨."

경민이 여자 쪽을 향해 이름을 불렀다. 아는 사람?

"역시 뭔가 있는 거네. 내 이름도 알고 있고. 그쪽 뭐야? 아폴로를 어쩐 거야?"

"아폴로씨와 연관이 있긴 한데, 아폴로씨한테 어쩐진 않았어요. 그보단 아폴로씨가 저한테 부탁을 했다는 게 더 정확한 설명이겠네요. 주영씨에게 전할 게 있어요."

"같이 있었잖아, 캐나다에, 유성우 때! 죽였어? 묻었어? 빙빙 돌리지 말고 말해봐."

"스쳐지나가긴 했죠. 아폴로씨는 아주 잘 계세요."

그러나 주영은 한마디도 믿을 수가 없었고 고함을 질러대기 시작했다.

"헛소리하지 마! 아폴로는 어딨어? 내가 장난치는 것 같아?"

주영이 한 걸음 더 경민에게 다가갔다.

"잠깐만 들어봐요. 아폴로씨 부탁으로 전해줄 물건이 있다니까요. 총을 내려놔요. 한아가 다칠 수 있어."

"너 같은 사이코 애기, 어떻게 믿어?"

주영의 가는 팔은 총의 무게에 떨리기 시작했고, 사태가 악화되어가고 있다고 판단한 정규는 일단 주영을 진정시키려고 했다. 어깨를 살짝 주영에게 대며 호흡을 고르게 했다. 주영만이 문제가 아니었다. 위기를 느낀 경민의 입가에서 초록빛이 스며나오기 시작한 것이다. 조난 요청 랜턴 좋아하네. 정규는 스스로의 감이 맞아떨어졌음을 알고 어쩔했다.

"이러면 나도 방법이 없어요. 아무리 의뢰가 있어도 한아가 더 중요해요."

그때까지 상황을 관망하던 한아가 조용히 앞으로 나섰다.

"한아야, 그러지 마. 내 뒤에 있어!"

"이쪽으로 오지 마요. 가만히 있으라고."

"뭐야, 뭐하자는 거야?"

세 사람을 완전히 무시한 한아는, 조용히 양손을 뻗어 두 개의 총구를 손바닥으로 막았다. 그 느린 동작에는 어쩐지 거부할 수 없는 구석이 있었다.

"괜찮아요. 얘기 들어요. 경민아, 너도 입에 불 빼라."

"하지만……"

경민은 망설였다.

"반지 뺀다?"

"알았어."

시계의 앞자리가 바뀌기 전, 정규가 전화를 걸어 오늘 출근이 늦을 것임을 알렸다. 몸이 안 좋아서 병원에 들렀다 가는 걸로 해두었다. 들어야 할 이야기가 있으니까. 듣고 싶은지는 확신할 수 없어도.

24

단란하게 식탁에 둘러앉았다. 경민이 차와 과자를 내놓았다. 유통 기한이 아슬아슬했지만 어쨌든 넘지 않았으니 괜찮을 것 같았다. 정규가 먼저 받아들고는 킁킁 냄새를 맡아보았다.

"아주 흔한 지구산 실론이거든요."

경민이 발끈했다.

음식에는 전혀 손을 대지 않으며 주영이 다시금 물었다.

"우주…… 투어중이라고요?"

"네. 아마 아직 이 은하계에 있을 거예요. 범우주적 활동을 지원하는 기획사에서 아폴로를 영입할 계획이 있다고 소문은 계속 있었는데, 아폴로 쪽이 받아들인 건 뜻밖이었어요. 어쨌든 지금까지 이룬 걸 버리고 가야 하고, 신체적인 위험도 분명 있으니까요."

"그 욕심쟁이가…… 못살겠네 진짜."

주영은 웃고 싶은 건지 울고 싶은 건지 눕고 싶은 건지 뛰고 싶은 건지 스스로의 상태를 확신하기 어려워졌다.

"대단한 도전이죠. 음악이 정말 보편적인 예술 형식인지 실험해보고 싶었다고 최근에 인터뷰를 했어요. 지금까지와는 듣는 이들이 다르니, 스스로는 듣지 못하는 음역까지 건드려야 할 텐데 야심 있더라고요. 아마 주영씨한테는 얘기하고 싶어했던 것 같은데, 자세히 말해버리면 계약 사항 위반이니까."

"그런 건 또 칼같이 잘 지켜요. 투어 얘기를 하긴 했지만……"

"이번 달 안에만 출발하면 금방 따라잡을 수 있어요. 어제 도착한 티켓, 먼저 주영씨 생체 정보를 보내야 하거든요.
그래서 주영씨 집 밖에서 스캔한 건데 크게 오해할 줄 알았
으면 미리 설명할 걸 그랬어요. 설명했어도 믿어주셨을지는
또다른 문제지만요."

"시도나 해보시지 그랬어요."

"티켓 보여드리면서 말씀드리는 게 제일 이상적일 것 같
았는데 말이죠."

"이상적인 상황과는 많이 멀었네. 그쪽이 아폴로를 죽인
줄 알았다고요."

거기까지 얘기하고는 급격한 허기를 느꼈는지 과자를 집어
먹는 주영이었다. 정규는 영 찜찜함이 풀리지 않는 듯했다.

"전달은 왜 상관없는 김경민씨가…… 아니, 김경민씨 외
피를 입은 당신이 하는 겁니까?"

"여기까지 오느라 빚을 많이 져서요. 조금씩 잔심부름하
며 갚아나가야 합니다."

"서류를 좀 봤으면 하는데요."

"저도 따라야 하는 사항들이 있어서 바로 보여드릴 수는
없고, 제 관리자에게 먼저 말하면 복잡한 과정을 거쳐 정규
씨한테 연락이 갈 거예요."

"그걸 제가 어떻게 믿어요?"

"아저씨, 좀 믿어요. 입에서 불 뿜는 사람 말을 안 믿고 뭐 어쩌려고요?"

주영이 정규에게 핀잔을 주었다.

"못 미더우시면 언제든 저나 한아를 찾아오시면 되죠."

한아가 냉동실을 뒤져 언제 적 것인지 모를 식빵을 찾아냈고, 외계인이 무쇠 팬을 맨손으로 다루며 굽기 시작했다.

"티켓, 받을 거예요? 원하지 않으면 돌려보낼 수 있어요. 아직 환불 기한이 남아 있거든요."

"일단 보여줘봐요."

주영이 머뭇거리며 요구했다. 경민의 팔에 잠시 빛이 올랐다. 한아는 잠을 못 자서인지, 콘서트 같은 데 가면 꽤 쓸 만하겠다는 엉뚱한 생각을 했다.

"망설임을 비롯해서 각종 부정적인 감정이 20퍼센트 이하일 때만 전달하고 전달받을 수 있어요. 무단 탈취를 방지하는 차원에서. 평화로운 지역도 있지만 상당한 무법 지대도 가로질러야 하다보니 나온 방책이죠."

"어떤 방식으로 주고받을 수 있는데요?"

"그냥, 악수하듯 손을 잡으면."

"만약 내가 망설이면요?"

"전달이 안 되겠죠."

"그럼 못 받아요?"

"천천히 기다릴게요. 몇 번이라도 시도하면 되니까, 급할 거 없어요. 아폴로씨가 상당히 여유 있게 날짜를 잡아줘서 될 때까지 하면 돼요."

"……그럴 리가."

주영이 순간 아주 분명한 눈을 했다.

"네?"

"그럴 리가 없잖아요. 아폴로가 날 불러줬는데, 내가 망설일 리가. 난 확신 백 퍼센트 나올지도 몰라. 자, 이리 줘요, 티켓."

손을 뻗어 경민을 잡으려는 주영에게, 정규가 정색을 했다.

"야 야 야, 생각을 좀 하고……"

"야? 지금 저한테 야라고 하신 거예요?"

주영이 발끈했다.

"아니, 너무 급해서 반말이 나왔는데 생각을 좀 하고 결정하시죠?"

"백날을 생각해봤자 답은 똑같을걸요. 어떤 특별한 사람은 행성 하나보다 더 큰 의미를 가질 때가 있어요. 그걸 이해하는 사람이 있고 못하는 사람이 있겠지만, 저한텐 엄청 분명한 문제예요. 난 따라갈 거야, 내 아티스트."

경민은 주영의 말에 고개를 끄덕이며 다정한 미소를 띤 채 한아를 보았다. 한아 역시 경민을 마주보며 슬쩍 물었다.

"주영씨, 위험해지는 건 아니야?"

"여행은 항상 위험하지."

경민이 쉽게 인정했다.

"감수할 수 있어요."

그 말에 정규는 전날부터 줄곧 하고 싶었던 말들을 뿜어 버렸다.

"가족도 아니고 연인도 아니잖아? 그냥 가수일 뿐이잖아? 어째서 그렇게까지 하는 거야?"

주영은 정규에게 이상한 고마움을 느끼며 대답했다.

"말 그대로 스타라니까. 중력이 없으면 스타겠어요? 벗어날 수 있었으면 나도 다르게 살았지. 가끔은 포기가 더 효율적일 때가 있죠. 자, 외계인 아저씨, 손 쥐요. 난 100퍼센트 긍정적이야."

그렇게 주영과 경민이 손을 잡았다.

초록색 기운은 한 사람의 팔에서 다른 사람의 팔로 옮겨갔고, 곧 희미해졌다.

"애개, 이게 끝이야? 스페셜 이펙트가 약하네."

달라진 점을 찾을 수 없는 자기 팔을 내려다보며 주영이 말했다.

"괜찮아요?"

정규가 호기심을 못 이기고 주영의 팔을 꾹꾹 찔러보았다.

"약간 뜨끈뜨끈한가?"

"정말 굉장하네. 망설임이 5퍼센트도 안 돼."

경민 역시 나름대로 놀라고 있었다. 한아는 문득 진짜 경민도 외계인 경민과 여행권을 주고받을 때 망설임이 그렇게 없었을까 궁금했다. 몇 퍼센트나 망설였을까. 그 망설임 중에 또 얼마가 한아에 대한 망설임이었을까.

"그럼, 이거 이제 어떻게 써요?"

"셔틀이 올 거예요. 나중에 위치를 정확히 알려줄게요."

"셔틀?"

"좀 멀리 가야 할지도 몰라요. 대개는 인적이 드문 데서 착륙하니까. 그전까지 예방 주사도 맞아야 하고 미리 먹어 둬야 되는 약들도 있어요. 자세히 알려드릴게요. 되도록 건강에 신경쓰고 계세요."

주영과 정규가 자리에서 일어났다. 이상한 밤이 지나고 찾아온 전혀 다른 날 속으로 돌아가야 할 시간이었다. 경민과 한아가 피로에 지친 몸을 끌고 배웅했다. 한아는 확실히 피곤했고, 경민은 어떤지 몰라도 일단은 그래 보였다.

"좀 조심하지 그랬어요? 왜 뉴스에 나고 그러냔 말입니다."

정규가 마지막으로 따끔한 주의를 주었다.

"상황이 어쩔 수 없었습니다마는, 혹 다른 분들께도 정보를 공유할 생각이신가요?"

경민의 물음에 정규는 고개를 돌려 한아에게 물었다.

"글쎄…… 정말 괜찮아요?"

"네?"

"괜찮냐고요."

한아는 잠깐 생각했다. 괜찮은 걸까? 11년 사귄 남자친구와 정체성을 교환한 채 세 달을 속인 외계인과 약혼해버린지 몇 시간이 채 되지 않은 지금, 과연 괜찮다고 말할 수 있나?

"네, 괜찮아요."

당장 판단할 수 있는 문제는 아니지만 일단 대답해버렸다.

"안 괜찮아지면 다시 전화해요."

정규가 직통 번호가 적힌 명함을 건넸다.

"고맙습니다."

돌아서기 전 마지막으로 주영이 물었다.

"언니, 근데 우리 어디서 보지 않았어요?"

"어, 그러게요. 왠지 낯이 익네."

25

경민의 집을 나선 정규와 주영 역시 곧 길이 갈렸다. 두
사람은 간밤의 잠복을 통해 묘한 유대감을 느끼고 있었다.
전혀 연애 감정은 아니었지만 외계인에게 함께 맞선 동지
애나 인류애 같은, 혹은 남매 같은 *끈끈함*이었다. 그걸 쉽게
인정하기에는 둘 다 성격이 애교 있지 않았지만.

"아저씨는 이제 출근?"

"해야죠."

"어제는 고마웠어요. 혼자 외계인 기다렸으면 심심할 뻔
했네."

"정말 갈 거예요?"

"응."

"그냥 지구에 있지?"

"에이, 왜 그래요."

"지구에 아폴로 말고도 괜찮은 사람 많을 텐데요."

"누구요?"

"예를 들면…… 어, 글쎄?"

"연애 감정 같은 거 아니에요. 그것보다 훨씬 오래갈, 확
신 같은 거예요."

"그래도 가지 말죠."

"아, 자꾸 왜요."

"거기 가서도 멀리서 좋아하는 게 다일 거면, 여기서 해도 되잖아요? 주영씨를 아껴줄 만한 사람과 함께 밤하늘 보면서 응원하면 되지."

주영이 키득거리며 웃었다.

"그래도 같이 다니며 더 가까워질 순 있겠죠. 외계인들 사이에 있으면 같은 인간인 게 메리트일 테니까요."

"또 모르지. 지구 출신 여행자들이 얼마나 많을지는요. 그, 원래의 경민씨도 있을 수 있고 실종된 사람들 다 거기가 있는 거 아닌지 몰라. 그럼 이렇게 해요. 가봤다가 아폴로가 시시하게 느껴지면 돌아와요."

"아폴로보다 더 멋진 외계인 뮤지션에게 반해버릴지도요."

그러나 주영은 속으로 그런 일은 우주 끝까지 가도 일어나지 않을 것을 알고 있었다. 우주에 영원히 불변하는 요소들이 있다면, 주영의 마음은 그중 하나임이 틀림없었다.

"불량 총은 나한테 줘요. 어차피 외계에선 레이저 총 아니면 안 될 거 아냐."

주영은 일리 있는 지적이라 생각하면서 순순히 건넸다.

"자, 악수."

정규가 손을 내밀었으나 주영은 좀 꺼림칙했다.

"엥, 악수는 좀 그렇다. 티켓이 가버리면 어떡해."

"그런 원리는 아닐 거 같긴 한데."

그래도 모르니까 두 사람은 어깨를 서로 살짝 부딪쳤다.

"조심하세요."

"가서 구할 수 있으면, 나도 티켓 보내줄게요. 휴가 와요."

"올해 휴가 일수 안 남았기 때문에."

주영과 정규가 다른 방향으로 걷기 시작했다.

둘은 다시는 서로를 보지 못했다. 그래서 더욱 그 만남은 기억에 남을 만한 것이었고 훗날 종종 서로를 생각하며 웃게 되었다. 그렇게 이상한 경험을 함께한 사람, 기억나지 않을 리가.

동시에 웃었던 적도 있다. 한 사람은 서울에서, 한 사람은 우주 투어 길에서.

26

예상치 못한 손님을 치르고 나서, 경민과 한아는 햇빛을 받으며 누워 있었다. 특히 한아는 앉아 있을 힘도 없었다.

"아아, 이제야 긴장 풀리네."

경민은 몸을 반쯤 일으켜 한아를 똑바로 내려다보았다. 그 시선에 어쩐지 코가 간질간질하다고 느끼는 한아였다. 무슨 빔을 쏘는 걸까, 이상한 외계인.

"제발 아까 같은 짓은 다시 하지 마. 총이었다고."

"도심 한가운데서 번쩍번쩍하면 의심받잖아. 너야말로 그러지 마."

"하지만, 네가 다치면……"

"생각보다 약하지 않아. 돌덩이는 아니지만."

경민은 영 동의할 수 없는 듯했다.

"네가 없으면 내 여행은 의미가 없어져."

한아는 망설임에 대해 다시 생각했다. 2만 광년이란 엄청난 거리를, 망설임 없이 올 수 있는 사람이 얼마나 있을까. 사람이 아니니까 가능한 일인지도 모른다.

"버리고 온 것들에 대해서는 생각 안 해? 빚도 많이 졌다며?"

"내가 외계인이라도 정말 괜찮아?"

여전히 복잡한 표정을 짓고 있는 지구인 약혼자에게 걱정스레 묻는 경민이었다.

"외계인이고 지구인이고 2만 광년을 달려와주면, 아무래

도 호감이 가지. 대단한 호감은 아니고, 기본적인 호감이지
만."

한아가 결국 인정했다. 그 말에 경민이 살짝 한아 쪽으로
고개를 기울이려던 차, 한아의 휴대폰이 울렸다.

"아, 유리다."

몇 시간 후 유리는, 친구 커플이 산에 가서 버섯을 잘못
뜯어 먹은 게 아닐까 고민했다. 앞에 앉은 두 사람은 같은
얘기를 몇 번이나 되풀이해서 하고 있었지만 그저 기가 찰
뿐이었다. 한아는 고집스럽게 반복했고, 경민은 중간에 조
용히 일어나 샌드위치를 사오기까지 했다.

"그래서 경민씨가 뭐라고?"

"경민이가 사실은 경민이가 아니라고. 외계인이라고."

유리가 경민을 쳐다보자, 경민이 열심히 고개를 끄덕였
다. 막상 유리가 두 사람에게서 확인하고 싶은 건 동공 크기
였다. 병원에 보내야 할지, 당장 위세척 같은 걸 받게 해야
하지 않을지 판단이 서지 않았다. 근처 무인 택배함에서 마
약이 발견되었다는 이야기를 들었는데, 그런 걸 할 친구들
이 아니었지만 누가 몰래 먹였을 수도 있는 일이었다.

"엄마 아빠한테는 말 못하지만, 너한테는 해야 할 것 같

앗어. 넌 내 가장 가까운 친구고…… 아니, 친구 이상으로 가까운 자매나 다름없는 존재고."

유리는 한아의 눈을 까뒤집어보고, 이마도 짚어보고, 맥박도 재어보았다. 특별한 이상은 없어 보였기 때문에 그냥 넘어가기로 했다. 남의 일에 오지랖 부렸다가 괜히 헛소리를 듣게 되었다고 살짝 후회되긴 했다. 성격에 맞지 않는 짓을 했군, 유리가 손톱으로 작업대에 말라붙은 물감 찌꺼기를 긁어냈다.

"그래서, 프러포즈는?"

한아가 손을 내밀어 보석이 빙빙 도는 반지를 보여주었다.

"아, 그럼 됐어. 축하해."

"그게 끝이야?"

"그럼?"

"내가 초록색 반광물 외계인이랑 결혼해도 넌 안 말려?"

"……버섯인지 뭔지 효과 날아가면 다시 얘기하자."

유리의 담담한 반응에 어째선지 뒤늦게 화가 나는 한아였다.

"친구면 좀 진지하게 듣고 말려야 하는 거 아니야? 그보다 사실은 부추긴 거에 가깝잖아! 너 진짜!"

경민은 한아의 반응에 당황하며, 팔꿈치를 잡아끌었다.

"아니, 뭘 또 말리라고 화를 내고 그래, 한아야."

유리는 이 대화가 피곤해지기 시작했다.

"몰라. 외계인이든 뭐든 난 예전의 그 싹퉁머리 없는 놈보다 지금 경민씨가 좋아. 뭐가 변했는지 몰라도 이쪽이 좋다고. 너한테 훨씬 좋은 사람이라고 생각해."

"아, 역시 유리씨 최고야. 고마워요."

경민이 헤벌쭉 웃으며 하이파이브를 하려고 손바닥을 내밀었지만 유리가 무시했다.

"뭔가 섭섭해. 뭔가 맘에 안 들어."

한아는 콕 짚을 수 없는 이유로 감정이 끓어올랐다.

"자꾸 알 수 없는 소리 하지 말고 일이나 해. 하루 놀고 왔잖아. 언제까지 그러고 있을 거야? 경민씨도 들어가요."

경민이 가게를 나서자 한아가 유리창 밖의 경민에게 손을 흔들었다. 경민은 몇 번이나 뒤돌아보며 멀어져갔다. 뭐야, 다 괜찮구만 자꾸 이상한 소리를 해. 한아를 다독이며 유리는 인생 자체가 조금 피곤하다고 생각했다. 한아는 재봉틀을 돌리다가 꿍얼거리다가 돌리다가 꿍얼거리다 했다.

유리는 소음 차단 이어플러그를 끼고, 조용히 새 한 쌍을 그리기 시작했다. 원앙을 그리기 걸맞은 날인 듯했다.

27

외계인 남자친구와 공식적인 첫 데이트 장소를 고민하다가, 한아는 놀이공원을 선택했다. 수많은 장소를 생각해봤지만 생각을 거듭할수록 복잡해져만 갔고, 대체 가장 지구스럽고 또 한국스러운 곳이 어딘지 지구인이자 한국인인 한아조차 알 수 없게 되어버렸기 때문이다. 놀이공원이라면 적당히 이것저것 섞여 있고, 특유의 신나는 분위기 속에 어색함을 버릴 수 있을 것 같았다. 대화가 끊기면 뭔가 뱅뱅 도는 걸 타면 될 거란 전략과, 사람이 복작거리니까 경민이 조심스러우리란 계산도 있었다.

"놀이공원 와본 적 있어?"

어안이 벙벙한 채 미아처럼 서 있는 경민에게 한아가 물었다. 낯선 환경을 살피느라 양 눈이 따로 놀기 직전이었다.

"아니, 하지만 다른 별들에는 종종 있다는 거 알고 있었어. 어제 조사는 미리 했었는데, 실제로 보니까 또 다르다."

"진짜 처음이구나. 뭐 타보고 싶어?"

"여기 무슨 우주여행 비슷하게 만든 놀이기구가 있다던데 그거 타보고 싶어."

"아, 그거. 나도 타본 지 오래됐다. 타러 가자."

나쁜 선택이었다. 첫 놀이기구로 지나치게 과감했는지 경민은 고함을 지르다못해 얼굴이 초록색으로 변해갔고 한아는 다른 의미로 공포에 질려야 했다. 입가와 감은 눈꺼풀, 심지어 귓속까지 녹색으로 변해가서 한아가 양손으로 막았다.

"안 돼, 빛 뿜으면 안 돼, 정신 차려! 뭐야, 거꾸로 돌지도 않는 이런 중간급 롤러코스터에 이러면 안 돼!"

스티로폼인지 뭔지 모를 조악한 합성수지로 만들어놓은 가짜 항성과 행성과 위성 들 사이로 빙글빙글 돌 때마다, 외계인은 놀랍도록 괴로운 비명을 질렀다. 뒷줄에 탄 중학생들이 놀이기구에는 관심이 없고 경민을 보며 웃어댔다. 한아 인생에서 가장 긴 몇 분이었다. 다 타고 내려서는 경민이 토하는 소리를 냈다.

"액체 없다며? 고체라며?"

"감각 변환기에 문제가 생길 것 같아……"

한참 제대로 서지도 못하게 된 경민 때문에 벤치에 앉아 쉬기로 했다. 한아가 어이없음 반, 걱정 반으로 경민을 바라보았다.

"어우, 리얼하네."

"뭐가?"

"우주여행을 아주 잘 재현해놨어."

"에엥, 거짓말 마!"

"아냐, 진짜 저래. 완전 비슷해."

"정말? 난 훨씬 쾌적한 걸 생각했는데. 영화에서 보면 냉동 캡슐에 들어가서 잘 자고 나오면 목적지에 도착해 있고 그러던걸."

"물론 그런 우주선도 있지. 근데 내가 탄 건 그런 게 아니었어."

"왜?"

"재산도 그만큼 없었고, 있었다 해도 지구는 아직 위험 지역이란 평판이라 노선이 부족해. 이것저것 가릴 처지가 아니었어."

위험 지역이란 말에 미묘하게 빈정이 상했다.

"왜? 위험하기는 외계인들이 더 위험하지. 맨날 불 뿜으려 그러고 더 폭력적이구만."

"아니, 꼭 그런 문제 말고도 환경 자체가 좀 위험하지."

"여기만큼 포근한 환경이 어딨다고 그러냐?"

"다시 한번 말하지만 다른 생명체들이 탄소 대사를 할 거라고 생각하지 마. 지구도 시점에 따라 굉장히 유독한 환경일 수 있어."

지구를 사랑하는 한아는 고개를 흔들었다.

"그런 건 모르겠고…… 여기 잠깐 앉아 있어봐."

"어디 가?"

겁먹은 얼굴로 경민이 한아를 붙들었다. 한아는 피식 웃었다. 지난 몇 달간 이런 바보 같은 존재를 무서워했다니 아득했다. 지구 정복은커녕 롤러코스터도 하나 제대로 못 타는 녀석을.

"잠깐 있어봐. 금방 올게."

경민은 같이 일어나려다가 실패했다. 인파 사이로 사라졌던 한아는, 잠시 후 솜사탕을 들고 총총 뛰어왔다.

"자, 상이야."

"상?"

경민이 솜사탕의 촉감에 놀라 하며 물었다. 감각 변환기가 아주 고장나진 않은 모양이었다.

"롤러코스터를 탄 것처럼 메슥거려 하며 수고스럽게 와줬으니까."

의심스러운 표정으로 솜사탕을 떼어먹고는 경민이 아, 하고 작은 신음 소리를 냈다.

"어때?"

"상상했던 것보다 더 좋아."

"그치?"

"이거 말고 너."

지나치게 달다고, 뭐라고 쏘아주려다가 웃음이 터지고 말았다. 놀랍도록 직선적인 외계인이 그렇게 싫지 않다고 생각했다. 놀이공원의 들뜬 분위기 때문인지는 몰라도. 헬륨 풍선도 하나 사서 경민의 팔목에 매달아줬다. 풍선을 들고도 탈 수 있는, 천천히 움직이는 것만 타기로 했다. 자유이용권이 아깝다는 생각이 잠시 들었지만 떠나보내고 없는 자유 여행권을 생각하며 참기로 했다. 기분이 좋은지 경민이 자꾸 풍선으로 장난을 쳤다.

날아가지는 마. 그런 생각을 혼자 하고는 다시금 놀라는 한아였다.

28

주영은 도킹 좌표가 정해지기 한참 전부터 커다란 여행 가방 몇 개에 짐을 챙겨두었다. 그렇게 단촐하게 고향 별에서의 인생이 다 정리되다니, 기분이 미묘했다. 학교에는 휴학 신청을 해두었다. 돌아올 일은 없겠지만 그래도 그게 자연스러울 것 같았다. 긴 배낭여행을 간다고 가족과 지인들에게 어중간한 작별 인사도 했다. 어차피 모두 주영이 정서적으로 문제가 있어 연예인 팬클럽 회장이나 한다고 생각하고 있었고, 이제 드디어 정신 차리려 여행을 가는 거겠거니 추측했기 때문에 잘 다녀오라고 심상하게 대해주었다. 주영은 나중에 그들이 느낄지도 모를 상실감에 대해서 생각하지 않으려 애썼다. 부끄러운 딸일지 몰라도, 부끄럽지 않은 지구인이 되도록 노력할게. 어글리 지구인은 되지 않겠어. 주영은 가족들과 마지막 식사를 하며 생각했다.

경민에게 연락이 왔을 때, 주영은 대기 상태가 끝나서 차라리 다행이라는 느낌이었다.

"저 바깥에서 어떤 일들이 벌어질지 몰라요. 괜찮겠어요?"

"여전히 망설임은 5퍼센트 미만이에요."

경민은 더 묻지 않고 문자로 정확한 좌표를 보내주었다. 무려 파푸아뉴기니였다. 주영은 지구에서 보는 마지막 풍경이 파푸아뉴기니겠구나, 새삼스러운 감회와 함께 비행기 티켓을 예매했다.

특수 내비게이션을 주고 싶다며, 경민과 한아가 공항에 배웅을 나왔다. 주영은 잘 알아보지 않고 다정한 이종 커플에게 위해를 가할 뻔했던 걸 후회하며 얼굴을 붉혔다.

"뭘 번거롭게 여기까지 오셨어요?"

"한아가 오고 싶어했어요."

두 사람은 함께 짐을 날라주고, 수속을 하는 주영의 뒷모습을 지켜보았다.

"정말 가네."

한아가 믿을 수 없다는 듯이 말했다.

"응, 망설임 농도가 낮은 사람이니까."

"파푸아뉴기니라니. 저번에는 캐나다더니."

"매번 달라."

"우리가 같이 가줘야 하는 게 아닐까? 거기까지라도."

경민이 한아의 마음씀씀이에 어쩐지 뭉클함을 느끼며 어깨를 살짝 감싸안았다.

"혼자 해야 하는 여행인걸. 그리고 목적지에 있는 사람 생각으로 가득해서, 괜찮을 거야."

주영과 두 사람은 출국 게이트에서 마지막 인사를 했다.

"제가 오해하는 바람에…… 여러모로 죄송하고 감사해요."

"오해할 만했는데 뭘요. 건강히 다녀와요."

"다녀오면 언닌 할머니 되어 있는 거 아니에요? 아니면 지구가 원숭이들 나라이거나."

"원숭이?"

대화의 맥락을 잡지 못해 당황한 경민이 반문했다.

"이 친구가 아직 영화를 다 섭렵하지 못해서. 내가 나중에 설명해줄게, 경민아."

"파푸아뉴기니에서 한번 더 전화할게요. 언니, 언니네 가게로 안 가지고 가는 옷들 다 보냈는데 괜찮으시면 잘 써주세요."

"그럴게요. 나도 부탁 하나만."

"뭔데요?"

"얘랑 똑같이 생긴 다른 녀석, 우주에서 혹시 만나면……"

진짜 경민의 얘기를 계속 회피해오던 차라, 간만에 한아가 그에 대해 언급하자 외계인 경민은 긴장하고 말았다.

"정강이를 나 대신 세게 차줘요."

"아…… 사정 보지 않고 세게 찰게요!"

한아와 경민은 게이트 너머로 주영이 사라질 때까지 오래 손을 흔들어주었다.

공항 옆 버스 정류장으로 걸어가며 한아는 늘어선 버스들이 뿜는 매연에 콜록거렸다.

"저기, 우주선은 어떤 연료를 쓰나?"

"가벼운 우주선들은 여기저기 큰 항성 근처에 가서 빛에너지나 열에너지를 저장하기도 하고, 지구에는 없는 다양한 물질들에서 추출하기도 하고 그래."

"화석 연료는 유행이 좀 지났지?"

경민은 빙긋 웃었다. 원래의 경민도 저런 표정을 지을 줄 알았던가? 한아는 잠시 기억을 더듬었다. 모든 게 섞여버렸다. 성격이 아주 다른 쌍둥이를 둘 다 사귄 것 같아 머리가 아팠다.

"화석 연료 때문에 걱정되는구나? 지구에서 쓸 만한 다른 에너지원을 좀 고민해볼까?"

"그런 것도 할 수 있어? 해도 돼?"

"특허권 기간이 지난 기술이어야 하고, 지구 문명에 너무 이질적이지 않아야 하고, 그걸로 내가 경제적 이익을 보지 않아야 하는데 뭐 하나라도 있지 않을까? 널 위해서라면 열심히 할게."

한아는 계속 묻고 싶었던 것을 물었다.

"다시 여행하고 싶지는 않아? 공항에 오니까 여행 싫어하는 나도 막 그런 기분이 드는데."

"네가 내 여행이잖아. 잊지 마."

한아는 민망해서 버스 온다, 하고 엉뚱한 버스를 가리켰다. 그 손가락에서 빙글빙글, 반지 속 빛나는 것들이 잘 돌고 있었다.

29

유리의 남편이 잠시 서울에 왔고 함께 저녁을 먹자고 초대해왔다. 패시브 하우스 단지를 짓는 작업중에 여유가 생겼는데, 유리에게 경민의 소식을 전해 듣고 궁금했던 것일 테다. 유리는 편하게 집을 어지럽히고 있다가 대청소를 해야 한다며 투덜거리면서도 들뜬 기색이었다.

첫 이틀을 부부끼리 보내고 나서 유리네는 한아네를 초대했다. 유리네 근처 비건 레스토랑이었다. 네 사람 다 좋아하는 곳이었고, 유리의 남편이 거대한 팔뚝을 잘 유지하는 걸 보면 고기 먹어야 몸 유지한다는 말은 다 거짓말인 게 분명했다.

"요새는 비건 레스토랑이 늘어서 좋죠?"

"훨씬 나아졌죠. 몇 년 전만 해도 외식할 때는 먹을 데가 없었는데, 한국은 정말 다이내믹 코리아라 빨리 변한다는 게 좋을 때가 있어요."

"큰 작업 마치고 오셨는데 하나도 안 지쳐 보이시고 더 건강해 보이시네요."

"녹지가 많은 데 있다 와서 그런가봐요."

건강해 보인다는 칭찬에 유리 남편이 웃었다. 바쁘지 않을 때는 직접 작고 소박한 가구를 만들어 선물하기까지 하는 다정한 사람이었고, 커다랗고 성격 좋은 개 같아서 유리의 평소엔 매력이지만 가끔 감당하기 힘들어질 수 있는 뾰족한 면까지 녹여가며 잘 받아주는 배우자였다.

"사람들이 소고기만 안 먹어도 온난화를 늦추는 데 큰 도움이 될 텐데……"

"소들도 불쌍하고, 소들이 뀌는 메탄 방귀는 생각보다 어마어마하니까요."

한아는 그 얘기를 하면서, 며칠 전 경민에게서 색깔 있는 연기가 나와 놀랐던 사건을 떠올렸다. 공공장소에서 그랬으면 큰일날 뻔했더랬다.

"다 같이 채식하면 좋겠지만 기후 변화는 당장 막아야 할 문제니까, 밀웜이라도 본격적으로 먹으면 어떨까 싶어."

기후 변화를 생각하면 다들 얼굴이 어두워졌다.

"그래서, 음, 외…… 국인이시라면서요?"

유리 남편이 옆 테이블의 눈치를 보며 물었다.

"아, 네, 그렇게 됐습니다."

경민은 요즘 애매모호하게 말하는 방식을 배웠다. 경민과
유리 남편 사이에 약간 어색한 공기가 흘렀으나 곧 친환경
주택의 새로운 기술과 소재, 앞으로의 발전 방향에 대해 열
띤 토론이 이어졌다. 태양광 전지와 지열 온수 시스템, 조광
및 환기 문제, 단열재와 남는 전력량에 관한 것이었다.

"식물성 기름이 든 특수 팩을 단열재로 써봤는데, 효과적
이더라고요."

"아, 내구성은 어떤가요? 몇 년 쓸 수 있지요?"

대화에 참여하던 한아와 유리는 어느새 둘이 이야기하기
시작했다.

"아폴로 추모 콘서트 한다며? 어떡하니, 멀쩡하게 살아
있는데. 심지어 아폴로 음악상도 생긴다더라."

"이젠 돌아오면 더 문제가 되게 생겼네."

대화는 각개 격파였지만, 그래도 즐거운 저녁 식사였다.
유리 남편은 경민을 매우 맘에 들어하는 눈치였다. 원래의
경민하고는 개가 닭 보듯 닭이 소 보듯 하는 사이였는데 큰
진전이었다. 심지어 현장에 잠시 합류하지 않겠느냐고 제안
하기까지 했다.

"말씀은 감사한데, 전 한아랑 있을 시간이 부족해서요."

경민이 웃으며 거절했다. 한아는 원래 데이트란 건 일주일에 한 번 하면 되는 거라고 생각하는 타입이었으나, 새로운 경민은 매일 한아를 보지 못하면 안 되는 것처럼 조바심을 냈다. 처음에 그 문제로 신경전이 없었던 것은 아니지만, 한아는 곧 이해했다. 수명 차이에서 오는 관점 차이일 것이었다. 그래도 종종 외계인의 사교성을 길러주기 위해 다른 친구를 만들어주는 건 좋을 듯했다. 나 말고도 괜찮은 사람들이 있어, 하고 주장하고 싶은 마음도 없지 않았다.

"며칠이라도 다녀와. 재밌을 거야."

한아도 혼자만의 시간을 보내고 싶었다. 강약중강약의 리듬은 만사에 적용된다고 믿는 편이었다.

경민이 없는 동안, 한아는 간만의 여유를 즐겼다. 사실 이상한 긴장이 있었다. 외계인을 사귀다니 어쩐지 지구 대표가 된 것 같아서 행동 하나하나에 신경쓰게 되었던 것이다. 물론 길거리를 걷는 다른 연인들도 겉보기와 달리 한쪽이 멀리서 온 존재일 수 있지만, 어쨌든 지역구 정도는 대표하고 있지 않을까 했다.

조용히 집중하는 시간이 좋았다. 하고 있는 작업도 까다로운 데가 있었다. 고등학교 때부터 주욱 친구라는 다섯 명의 손님이 찾아와서 어릴 때 맞췄던 우정 티셔츠를 어떻게라도 넣어서 새 옷들을 만들어달라고 했다. 한아는 유리처럼 가까운 친구가 한둘 더 있었지만, 그룹으로 길게 만나는 친구들은 없어서 여전히 흥이 있는 그 우정이 신기했고 좋은 옷을 만들고 싶었다. 이제 사회의 각처에서 각자의 삶을 살아가는 다섯 명을 위해, 한 명 한 명의 라이프 스타일을 고려해 디자인하는 게 목표였다. 문제는 그들이 소중히 받쳐들고 온 그 우정 티셔츠의 상태였다. 보풀이 나고 코팅이 너덜너덜 떨어지고 해진 곳도 한두 군데가 아니었다. 한아는 옷을 오래 입는 사람들을 좋아했지만 이번엔 고심하게 되는 요인이었다. 애초에 고등학생 용돈 한도 내에서 좋은 원단을 사기에 무리도 있었을 터였다.

끈질긴 구상 끝에 한아는 블라우스, 드레스셔츠, 재킷, 스커트, 베스트를 만들었다. 일하는 곳에서도 입기 편하고, 좋은 식사를 하러 가거나 공연을 보러 가기에도 적합한 옷들이었다. 그리고 그 목깃과 끝단, 소매 등에 라이닝이나 포인트로 오래된 우정 티셔츠를 썼다. 첫눈에는 어른스러운데 어딘지 유머러스한 감성으로 완성되었다. 한아는 지금까지의 작업 중 가장 마음에 드는 축이라며 만족하고는, 포트

폴리오에 잘 기록해두었다. 물론 한아의 포트폴리오는 어디 제출하기 위한 것이 아니었으므로 앨범이나 일기에 가까웠지만 말이다.

그러고 나서 한아가 느낀 감정은 새로웠다.

"보고 싶어."

그 말이 자연스럽게 새어나왔다. 망할, 외계인이 보고 싶었다. 익숙해져버렸다. 그런 타입도 아니면서 매일 함께 보내는 데 길들여져버렸다.

"이런…… 이런, 말도 안 되는……"

30

분위기는 무르익었지만, 아직 둘 사이에는 해결할 일들이 많았다.

일단 경민의 정체성과 호칭이 문제였다. 전혀 다른 존재인데 같은 모습으로 이어 만난다는 것은 어색하고 혼란스러운 상황을 만들어냈다. 한아는 경민을 경민으로 부를 때마다 어딘지 어긋나고 있다는 느낌이 들었고 경민도 그 점이 심각한 고민이었다. 두 사람은 2주 동안 논의를 계속했는데,

경민의 정체성을 유지할지 아니면 새로운 정체성을 만들어 낼지, 새로운 정체성을 만들어낸다면 어떤 요소들을 가져야 할지, 기존의 경민 정체성은 어떻게 할 건지 등에 대해 의견이 오락가락했다. 어떨 때는 두 사람 다 동의하는 듯하다가 미처 고려 못한 요소가 튀어나와 무효가 되었다.

"우리가 경민이의 정체성을 없애면…… 그건 결국 실종이나 사고를 위장한다는 건데, 아폴로 때와 비슷할 수밖에 없잖아? 물론 그보다는 훨씬 작은 사건이겠지만 경민이 부모님과 친구들과 내가 모르는 지인들은 다 어떡해?"

"그 일은 이미 일어났어. 경민씨는 정말 여기 없는걸. 어딘가 우주선 창문에 딱 붙어서 즐겁게 항해하고 있을 텐데…… 시간차가 있어서 우리 책임인 것처럼 보이지만, 경민씨와 가까웠던 사람들이 느낄 감정적인 타격은 사실 우리 책임이 아니라고 생각해."

"그걸 머리로는 알겠는데 어쩐지…… 살인처럼 느껴져."

지구에, 한국에 존재하는 건 원래 경민의 몸이 아니라 정보였다. 여러 사람에게 남겨진 정보, 나누어 가진 기억과 관계는 몸보다도 더 실체를 가지고 있었다. 그 정보를 없애는 건 너무나 큰일로 느껴졌고, 처음에는 예상하지 못했던 쪽으로 결론이 났다. 경민의 정체성을 그대로 유지하기로 한 것이었다.

"하긴, 새로운 사람을 만들어낸다는 게 불가능하지는 않지만…… 얄팍할 거야. 수십 년치의 정보가 있어야 하는데 듬성듬성해서 종이 인형 같은 사람일 수밖에 없고 그러다보면 누군가가 또 의심할 수도 있지."

"그런 의심을 샀을 때 전처럼 잘 풀리리라는 보장도 없고."

흥미로운 것은 경민의 가족들도, 대단한 우정을 과시하던 친구들도 경민이 바뀌었다는 사실을 전혀 알아채지 못했다는 점이었다. 한아는 그 부분에서 솔직히 섬뜩함마저 느꼈다. 완전히 태양계 밖으로 사라졌는데, 전혀 다른 존재가 그 자리를 대신했는데 알아차린 사람이 자신밖에 없다니. 원래의 경민은 대체 어떤 삶을 살았던 걸까? 경민은 어머니를 일찍 잃었고, 아버지는 최근에 재혼하셔서 아직 적응에 바빠 보였다. 형은 유학을 가더니 돌아오지 않겠다고 선언하고, 중국계 미국인 동료와 결혼해 휴가 때도 시카고로 가지 서울로는 오지 않았다. 그렇게 오래 경민과 사귀었지만 가족들과 통화하는 모습조차 자주 보지 못했던 게 기억이 났다. 특별히 애틋한 조부모나 삼촌, 이모, 고모, 사촌 등은 없었다.

친구들은 원래의 경민처럼 경쾌하고 단순한 종자들로, 서로 아끼지 않는 것은 아니었으나 일대일의 관계라기보다는 대개 여럿이 왁자지껄 떠들며 폭음하다가 아침에 흉한 몰골로 일어나서 서로 옷을 바꿔 입고, 혹은 신발을 바꿔 신고 가버리는 이들이었으니 변화를 섬세하게 포착할 능력이 없었다. 그마저도 요즘의 경민은 이런저런 초청들을 연이어 거절해서 욕을 먹고 있었다. 진짜 경민에게 일어난 일을 상상조차 하지 못할 그의 친구들은 저 자식 혼자 철든 척하나 보다, 유난 떠네, 정도가 최근의 감회였다.

그러니 어쩌면, 한아는 이제야 깨닫는 것이었는데, 한아만이 경민을 여기 붙잡아두던 유일한 닻이었는지 몰랐다. 닻이라고 하기에도 너무 유약하고 가벼운 닻. 가진 게 없어 줄 것도 없었던 경민은 언제나 어디로든 떠날 준비가 되어 있었고 종국에는 지구를 떠나버린 거다. 한아의 사랑, 한아에 대한 사랑만으로는 그 모든 관계와 한 사람을 세계에 얽어매는 다정한 사슬들을 대신할 수 없었다. 역부족이었다. 인정할 수밖에. 닻이 없는 경민은 얼마나 빠른 속도로 나아가고 있을까?

쉬운 과정은 아니었으나 거기까지 이르자, 한아는 떠나버린 예전의 경민에 대한 원망을 어느 정도 버릴 수 있었다. 나 때문이 아니었어. 날 사랑하지 않아서가 아니었던 거야.

다만 오로지 그 사랑만으로는 안 되는 일이었던 거지. 질량과 질감이 다른 다양한 관계들을 혼자 다 대신할 수는 없었어. 역부족도 그런 역부족이 없었던 거야.

그렇게 경민은 떠났지만 이름과 얼굴과 기억은 지구에 남았다. 전혀 다른 생명의 소유가 되어. 정체성의 새로운 소유자는 전 소유자에 대해 늘 빚진 기분이었다. 자율적으로 한 계약이었지만, 매일 곁에서 숨쉬는 한아를 얻다니 너무 이익을 본 것 같았기 때문이다.

"좋은 항해 하세요, 원래의 경민씨."

가끔 창밖 밤하늘을 향해 건배를 했다.

31

경민은 살고 있던, 낡고 규모가 크지 않지만 어째선지 괜찮은 분위기를 풍기는 빌라를 통째로 사들였다. 한아는 잘 이해하지 못한 각종 기술들로 받은 특허를 큰 회사들에 팔아서 번 돈으로 말이다.

"대기업의 배를 불리러 여기 온 건 아니지만 급전이 필요하니…… 부끄러워."

그런 급작스러운 결정을 내린 것은 경민에게 잠수함을 축조할 공간이 필요했고, 건물의 지하가 가장 적당한 장소로 보였기 때문이다. 건물주가 되었는데 우주적 기준에선 엄청 가난한 거라니 우습고 이상한 일이었다. 지구의 화폐로는 갚을 수 없는 빚, 한아를 만나러 오기 위해 든 비용 때문에 경민은 계속 묘한 심부름들을 하고 있었다. 이번에는 수만 년 전에 내란을 피해 지구로 도피해 심해에서 살고 있으리라 추측되는 망명객들에게 고향의 내란이 종식되었다는 소식을 알리러 가야 한다고 했다.

"무슨 내란을 수만 년씩 하는 거야?"

"그래서 우주 자유 여행권은 전쟁이 없는 별에만 주어지는 거야. 대단한 명예지."

"으으, 금방 또 자기 문명 자랑했어, 약간 재수 없다."

재수 없다는 말을 할 수 있을 만큼 친해진 둘은 한껏 기이한 상황에서도 수월하게 지내고 있었다. 지하에 철문을 설치하고 방음재를 잔뜩 붙여 만든 작업실에 한아는 거의 매일 방문했다.

"심해 잠수함이라는 거, 어디서 살 수도 없고 골치 아프네."

"부품 하나 구하기가 이렇게 번거로워서야…… 국제 무

기상한테 연락해야 할 판이야. 잘못하면 CIA한테 쫓기겠다. 국정원도 골치 아팠구만. 재밌어? 구경하는 거 지루하지 않아?"

"응. 어디 가서 쉽게 할 수 있는 구경은 아니잖아."

"어차피 매일 올 거면 그냥 여기 살면 안 돼?"

한아가 놀라자, 경민이 얼른 덧붙였다.

"입주자 하나가 나간대. 같이 살자는 게 아니라 그냥 조그만 방을 하나 주겠다고. 같은 건물에 살자는 거야."

"흠, 나야 그러고 싶지만 엄마 아빠 반응이 어떨지 모르겠네."

그러나 한아의 엄마 아빠는 쌍수를 들고 환영했다. 좁은 집에 다 큰 딸을 데리고 살기 싫었던 모양이다. 뭔가 섭섭한 기분이 왕창 들 정도였다. 경제적인 이유도 있었지만 부모님을 위해서 같이 살고 있었던 부분도 없지 않았는데 사실 부모님 쪽은 딸을 그렇게나, 그렇게나 내보내고 싶었던 건가? 한아는 툴툴거리며 남들에게는 쓰레기 더미로 보일 법한 짐을 싸들고 경민의 건물로 이사했다.

경민의 꼭대기 층 바로 아래에 방을 얻은 한아는 독립된 공간을 가질 수 있다는 점이 좋았다. 경민은 바로 옆에 있다가도, 혼자 있고 싶은 낌새를 조금만 보이면 눈치껏 피해주

었기 때문이다. 지구인보다 눈치가 낮다니. 감각 변환기가
아주 예민한지도 몰랐다.

그러나 그 집에 익숙해져갈수록, 또 경민에게 익숙해져갈
수록 짧은 대화나 식사를 위해 복도를 빙 돌아 건물의 다른
쪽 모서리에 있는 계단을 이용하기가 상당히 귀찮아졌다.
어차피 바쁜 다람쥐들처럼 오락가락할 게 뻔한데 뭐하러 둘
러가나 싶어졌던 것이다. 두 사람은 가볍게 합의를 했다. 유
리 남편은 바쁜 와중에 흔쾌히 경민의 층과 한아의 층을 잇
는 간이 계단을 시공해주러 서울에 들렀다. 결국 두 집은 복
층 구조의 한 집이 되었다.

이윽고 아래층은 한아의 공간, 위층은 경민의 공간이었던
경계 구분마저 점점 희미해지기 시작했다. 한아는 어느 날
아침 눈을 떠, 외계인과 완전히 동거하고 있는 자신을 발견
했다. 자연스럽고 단계적으로 진행된 일이었다.

여러 난항이 있었지만 그새 잠수함이 완성되었고, 경민은
빌린 트럭에 그 알 수 없는 물건을 싣고 잠시 떠나야 했다.
경민을 보내고 한아는 빈집에 혼자 남겨졌다. 낡은 집의 구
석구석에선 원래 누구 것이었는지도 모를 잡동사니들이 굴
러나왔다. 한아는 창고를 정리하고, 욕실의 깨진 타일들을
교체하고, 냄새가 나는 곳엔 콩기름으로 만든 향초를 피웠

다. 비닐봉지들을 모아 꽃모양으로 접어 정리하다가, 문득 생각했다. 역시 보고 싶네. 보고 싶잖아.

그렇지만 뭔가 달랐다. 원래의 경민을 보냈을 때의 그런 몸이 간질간질하고 신경이 쏠리고 불안해지는 보고 싶음이 아니었다. 멀리 떨어져 있어도, 심해를 헤매고 있어도 이어 져 있는 보고 싶음이었다.

기다리는 게 즐거울 수도 있구나. 이건 또 새로운데? 한 아는 계단에 앉아 생각했다.

32

"주말에 고래 보러 갈래? 고래 좋아하지?"

경민이 물었을 때, 한아는 얼떨떨해서 되물었다.

"잠수함 타고?"

"아니. 아픈 고래들이 해안에 올라올 거 같아. 도와주러 가자."

알고 보니 우주의 고래형 지능체들은 지구의 고래들을 매 우 걱정해서, 그들을 돕기 위해 무슨 단체인가를 만들었다 고 한다. 잘사는 친척이 못사는 친척을 돌보는 것 같다고 한아는 생각했다. 왜 인류는 고래들에게 더 친절하지 않을까, 부끄러우면서도 직접 고래를 만나는 것 자체는 신이 났다.

새벽 고속도로를 달려 포항 근처 바닷가에 도착하자, 정말로 십여 마리 고래들이 상당히 상태가 좋지 않은 모습으로 뭍에 올라와 있었다.

"사람들이 보겠다. 고래 맛있다고 사람들이 좋아해. 이때다, 하고 잡을지도 몰라."

"응, 그전에 얼른 돌려보내야지."

경민이 주섬주섬 커다란 연질 캡슐들을 꺼냈다. 아주 큰 알약처럼 보였다. 한아의 팔뚝만한 것도 있고 허벅지만한 것도 있었다. 저걸 삼키려면 고래라도 목이 아플 거야, 한아는 멀찍이 서서 생각했다.

"약효가 돌 때까지 기다려주자. 고래랑 얘기할래?"

경민이 트렁크에서 오래된 라디오를 꺼내오며 말했다.

"라디오로?"

"이래 봬도 고래형 지능체를 위한 통역기라고. 나사에서도 탐을 낼 물건이야. 보통 고래들한테도 어느 정도는 통할 거야. 겁내지 말고 가까이 와."

한아는 제일 작은 고래에게 가까이 갔다.

"안녕?"

—배 아파.

"많이 아파?"

　—숨쉬기 힘들어.

"물을 좀 뿌려줄까?"

　—뭐가 잘못됐지?

고래가 의도한 바는 아니었겠지만 한아는 죄책감을 느꼈다. 바다가 엉망이 된 걸 생각하면 인류가 괜찮은 종이라고 말하기 어려워졌다. 온갖 쓰레기를 버리고 오폐수를 흘려보내고 뜨겁게 만들고 유조선을 침몰시킨 다음 아무 책임도 지지 않고 있었다.

"미안해. 정말로 미안해."

　—배 아파. 뭐가 잘못됐지?

　—숨쉬기 힘들어.

　—오징어들은 다 어디 간 거야?

　—뭐가 잘못됐지?

"대화가 반복되기 시작했어."

한아가 경민을 바라보았다.

"응. 뭐가 잘못된 건지 고래들은 모르고, 알 수 없을 거니까…… 보호해줘야지."

경민이 작지만 강력한 견인기로, 고래들을 다시 바다에

끌어 넣어주었다. 고래들이 멀리 갈 때까지 손을 흔들어주
었는데, 허리까지 물에 젖은 경민은 전혀 추워하지 않았다.

한아가 경민이 일하는 현장에 자주 따라간 건 아니었다.
한아는 여행을 좋아하지 않았고, 경민은 한아가 위험에 노
출되는 걸 좋아하지 않았다. 그래서 대개의 날들엔, 저녁을
먹고 나서 여유롭게 망원경으로 다른 우주를 구경했다. 한
아는 낡은데다 그리 크지도 않은 망원경이 대체 어떻게 기
능하는지 알 수 없었고, 렌즈가 몸의 일부라는 경민의 말도
이해할 수 없었지만 다른 문명들에 대해 잔잔한 애정을 가
지게 되었다.

처음엔 경민의 별을 구경했다. 별 전체가 황철광처럼 빛
났다. 종종 익숙한 초록빛들도 보였다.

"사람들인가?"

"아, 사람들 반 렌즈 반인 것 같다."

그쪽도 이쪽을 보고 있을지 모르기 때문에 경민의 형제
자매라 해야 할지, 뭐라고 불러야 할지 알 수 없는 개체들에
게 손을 흔들어주었다. 강한 집단 무의식 때문에 경민이 한
아를 사랑하면, 그 별 전체가 한아를 사랑한다고 했다. 한아
역시 어째선지 우주를 건너오는 그 사랑을 느낄 수 있었다.

표면적이고 의식적인 것은 각자의 것이었지만, 더 깊은 곳은 강하게 묶여 있는 별이었다. 한아는 그 단순하면서도 복잡한 사랑이 약간 난감했지만 싫은 기분은 아니었다.

"내 생각에 우리들은 곧 뿔뿔이 흩어질 것 같아. 모두 저 길 떠나게 될 거야."

경민이 심각하게 미간 사이에 주름을 네 개쯤 만들고 말했다. 그럴듯한 표정이었다.

"왜, 근사한 곳 같은데?"

"하지만 저긴 너무…… 컴포트 존Comfort zone이야."

"그게 뭐가 나빠?"

"안락하고 평화롭지만, 고민 없이 출아법으로 끝없이 자기 분열하는 것에 이제 모두 질린 거야. 이주율이 순식간에 늘 거야."

"너처럼 모두 떠나게 될까?"

"응, 망원경 너머의 누군가를 찾아 떠나겠지. 내가 좀 유행시킨 것 같아서 책임감은 느끼는데……"

"그 출아법이란 거 대체 어떻게 되는 거야?"

한아는 물어보고 싶기도 물어보고 싶지 않기도 했지만 결국 물어보았다.

"몸에서 조그맣게 자라나기 시작해서 일정한 크기가 되

면 분리되는 거지. 하지만 난 분열하지 않을 거야."

"왜?"

"나와 똑같은 누군가는 외로움에 전혀 도움이 안 돼."

한아는 문득 기분이 묘해졌다. 경민의 고향 사람들이 사
랑하는, 혹은 사랑하게 될 우주 곳곳의 존재들을 생각했다.
집단 무의식 때문에 경민은 그 사랑도 희미하게나마 감지하
고 함께 느끼고 또 꿈꾸고 있을 텐데, 질투가 났다. 사랑을
독점하고 싶은 질투인지, 아니면 그런 수많은 사랑의 지류
들을 함께 느끼고 싶은 질투인지 분명치 않았다.

며칠 후 조심스럽게 그 얘기를 하자 경민이 정색을 했다.

"그렇지만 아직 대다수는 망원경 앞에서 짝사랑만 하고
있다고! 난 우리 세대에서 유일한 존재야. 직접 너한테 온
건 내가 처음이야. 그 희소성을 좀 알아줘."

"용감했네."

"다들 컴포트 존을 벗어나야 해. 자유 여행권도 있으면서
뭉개고 있으면 곤란하다고."

그랬으면 좋겠다, 다들 날아가서 부딪치면 좋겠다. 한아
는 조용히 중얼거렸다. 경민이 와준 건, 왠지 대놓고 인정하
긴 싫었지만 행운이었다. 우주적 행운. 한 반광물 생명체의
획기적 진화. 대단한 희생을 기반으로 한 기적. 뭐라고 이름

붙이든 간에 한아는 망원경 앞의 저녁들이 좋았다. 가끔은 점점 좋아지는 게 경민인지, 그 저녁 시간들인지 헷갈리기도 했지만.

소리 없이, 먼 우주의 휘어진 빛들이 두 사람의 저녁에 내려앉았다.

33

휴화산 속에 우주선을 숨겨놓았는데 갑자기 화산 활동이 시작되었으니 우주선을 예인해달라거나, 청소년 외계인이 지구로 가출한 것 같으니 찾아달라거나, 지구의 자원을 불법으로 유출하는 무리를 색출해달라거나 하는 다소 무리한 지령이 경민에게 떨어지곤 했다. 한아가 가장 충격을 받았던 일은, 우주의 사악한 무기상들이 지구의 유네스코 지정 문화재 밑에 다량의 무기를 묻어놓았을 때였다.

"아니, 남의 행성 귀한 문화재 밑에 그게 무슨 막돼먹은 짓이래? 문화재를 화약고로 쓰다니 어떻게 그런 짓을 해?"

"그러니 말이야. 지구의 무기들보다야 훨씬 안정적이긴 한데, 그걸 파내야 하는 내가 도굴꾼으로 오해받지 않는 게 문제다……"

그 임무는 큰 곤란 없이 끝났지만, 때로 아슬아슬하게 실패하는 경우도 있었다. 빚을 갚아나간다는 것은 쉬운 일이 아니었고, 한아는 어쩐지 그게 자기 탓인 것만 같아 미안한 마음이 들었다.

"어째서 우주 전체가 그렇게 자본주의적인 거지? 지구랑 그렇게 다를 것도 없잖아."

"미안, 기왕이면 부자 외계인이면 좋았을 텐데 가난해."

그러고는 경민은 망원경을 틀어 먼 곳에서 자본주의의 대안을 찾기 위해 행하고 있는 다양한 노력들을 보여주었다.

"한때 저 별에는 괴로울 때 몸의 가장 연약한 부위에 귀한 결정이 맺히는 이들이 살았어. 그 사람들은 그 결정을 최고 단위 화폐로 인정해주었지. 더 고통스러운 사람들에게 더 큰 대가를 주기 위해서."

"그런데 어째서 지금은 저렇게 폐허야?"

"시간이 지나자 모두 자해를 시작했거든. 비극과 고통과 그로테스크에 중독되어버렸어. 오이디푸스는 저기 가면 아무것도 아니었을 거야."

경민은 다시 망원경을 조정했다.

"아무것도 안 보이는데?"

한아가 눈을 비비며 물었다.

"아무것도 없으니까. 저 좌표에는 예전에 기회와 가능성, 평행 우주를 거래하는 별이 있었어. 하지만 내부로 폭발해서 사라지고 없지. 말이 좋아 가능성이지, 가능성이야말로 너무 압축된 개념이라 잘못 다루면 위험해."

"우울하네. 우리는 언제까지나 빚쟁이들인 건가."

그러나 경민은 오래된 생물답게 현실적이긴 해도 회의적이진 않았다.

"하지만 전 우주가 자본주의가 불완전하다는 생각에는 동의하니까. 새로운 노력들과 기발한 아이디어들이 계속된다면 언젠가는 이 가혹함에서 벗어날 수 있을지도 몰라. 지구도 재밌는 샘플이니 어쩌면 여기서 아주 다른 대안이 탄생할지도 모르고."

한아는 우주에서 공인되지 않은 화폐를 가진 별, 자각은 없긴 해도 알고 보면 이토록 가난한 변방의 별에 태어난 것이 새삼스러웠다.

다행히 아폴로와 주영은 외화를 잘 벌어들이고 있는 모양이었다. 주영이 아폴로의 공연 영상이 담긴 알 수 없는 재생기를 보내왔는데, 둘 다 아주 좋아 보였다. 재생기는 한 번밖에 재생할 수 없도록 되어 있었다. 저작권 때문이었다.

34

때로 아주 슬픈 장면을 목격할 때도 있었다. 얼음 혹성에 사는 고도의 지능을 가진 무당벌레들의 마지막이 그랬다. 정확히 무당벌레는 아니지만, 한아는 그들이 무당벌레를 닮았다고 우겼다. 빨갛지 않아도 투명하게 펼쳐지는 둥근 형태의 날개와, 점박이 무늬가 비슷해 보였다.

얼음으로 지은 치밀하고 아름다운 도시는 망원경을 통해 봐도 대단했다. 아마 실제로 본다면 가슴이 떨리는 곳이었으리라. 그러나 그 혹성은 수백만 년의 항상성을 버리고, 점점 더 따뜻한 곳으로 나아가고 있었다. 항상성이란 견고해 보여도 그렇게 쉽게 무너질 수 있는 것이었다.

무당벌레 주민들은 반 정도는 우아한 우주선에 올라탔고 반 정도는 그대로 남았다.

"어째서 다 떠나지 않는 거야?"

한아는 애가 타서, 가까워 보이지만 사실은 굉장히 먼 곳을 향해 손을 뻗었다. 손등에 얹어서 탈출시켜줄 수 있으면 좋으련만 그들이 당당히 탈출을 포기하는 모습을 지켜봐야만 했다. 경민이 망원경 배율을 조작해 남기로 한 이들의 성명서를 해독해냈다.

"우주의 광막함을 견디고 싶지 않고, 긴 여행에 필요한 한정된 자원을 미래 세대에게 양보하고 싶대."

그래서 한아와 경민은 어쩔 도리 없이, 먼 곳의 문명이 그대로 녹아내리는 모습을 지켜보았다. 투명하고 둥근, 조금씩 무늬가 다른 한 장 한 장의 날개들이 사라져가는 것을. 끝의 끝까지 눈부신 형상이었지만, 다시는 목격하고 싶지 않은 장면이기도 했다.

한아는 이후 채 겪어보지 않은 광막함에 대해 계속 떠올렸고, 우주가 언제나 광막한 곳이어서 살아 있는 모든 것들의 마음속에도 그것이 일부 녹아들지 않았을까 여기게 되었다. 누군가는 어렴풋하게, 누군가는 살을 찔러오는 강렬함으로 안쪽의 춥고 비어 있는 공간을 더듬는 것이다. 얼음 무당벌레들이 지독하게 느끼는 편이었을 뿐, 우리는 모두 이 어둡고 넓고 차가운 곳에 점점이 던져져 있지 않은가? 부디 탈출한 자들이, 더 오래 변하지 않을 보금자리에 잘 도착하기를. 여행이 그들을 너무 바꾸어놓지는 않기를.

한아의 취향엔 위태롭지 않은 외계인들이 좋았다. 경민은 별로 반기는 편이 아니었지만, 가끔 민박을 원하는 외계인들이 그들의 빌라에 묵곤 했다. 좋은 부수입이기도 했고, 시끄럽고 들뜬 관광객들 곁에 있으면 함께 마음이 높은 음을 울려서 좋았다.

"외계인이나 외국인이나 마찬가지더라. 별로 안 달라."

유리에게 말했다. 떡꼬치와 떡볶이의 차이에 대해 심각하게, 마찰음이 유난히 많은 그들만의 언어로 흥분해서 떠드는 외계인들을 지켜보는 건 흐뭇했다. 역시 떡볶이지. 내일은 궁중떡볶이와 즉석떡볶이를 소개시켜줘야겠군, 따위의 결심을 하면서.

좋은 지구 민박집 주인.

당분간은 그 이상도 그 이하도 되고 싶지 않았다.

35

"지구와 닮은 곳을 보여줄게. 근데 아주 다르게 발전했어."

경민이 말했고, 한아가 보기에도 그곳은 지구 같았다. 무엇보다 그 땅을 거니는 이들이 지구인 같았다. 그들은 두 발을 가지고 걸었으며, 열두 개의 길쭉한 손가락을 가지고 있었다.

"나는 가끔 지구의 십이진법을 의심할 때가 있어. 저기서 온 게 아닐까."

약간 옆에 붙긴 했지만, 인간과 유사한 눈을 가지고 있었으며 코와 입은 없어도 전체적인 실루엣은 확실히 비슷했다. 특이한 점은 옷을 입지 않고 긴 머리카락을 바닥까지 질질 끌고 다닌다는 것이었다. 경민이 망원경을 조정해주자, 한아는 그게 머리카락이 아님을 알았다. 가는 덩굴줄기들이었다.

가만 지켜보고 있자, 그들은 드문드문 흩어져 자리를 잡고 흙속에 열두 개의 발가락들을 집어넣었다. 그러자 머리카락의 잎사귀들이 넓게 벌어졌다. 조그만 안테나처럼. 그러곤 아주 기분 좋은 표정을 지었다. 눈밖에 없는데도 표정이 풍부했다. 먼 곳의 한아조차 느낄 정도로 따뜻해하고 간질간질해하는 표정이었다.

"중간까지는 진화 과정이 비슷했는데, 어느 기점 이후 저들은 동물성을 일부 포기하는 방향으로 나아갔어. 머리의 덩굴은 처음에는 기생식물이었던 것 같은데, 이제는 완전히 결합된 상태고."

"지금 광합성 하는 거지, 저 사람들? 그래서 코도 입도 없는 거야?"

"응, 굉장하지?"

"의사소통은 어떻게 해?"

"어마어마한 수화. 필담도 많이 쓰고."

"어, 저기 정말 가보고 싶다."

"관광지로는 인기가 없는 편이야."

"왜?"

"각자의 생태는 천차만별이지만 어떤 종이든 간에 음식점과 숙소, 화장실 정도는 필요하기 마련인데 아무것도 없거든."

광합성인들은 그런 불필요한 것들을 지을 생각도 없다고 했다. 그들이 특별히 방문객들을 싫어하는 것은 아니었지만 말을 걸거나 하면 매우 귀찮아했다. 그 별에서 외부인들끼리 각종 사건을 일으키는 바람에 은하계 차원의 문제가 된 적도 있어서 출입을 까다롭게 만들어야 했고 말이다.

광합성인들은 따뜻한 햇빛에서 양분을 얻을 뿐 아니라, 우주를 떠도는 멋진 꿈이나 이야기, 아이디어 들을 수신하기도 하는데 대개 흙 위에 좀 끼적끼적하기는 하지만 딱히 기록을 제대로 하지는 않는단다. 그렇게 바닥에 낙서처럼 쓰여진 것들에는 엄청나게 혁신적인 내용이 더러 있었다. 그래서 그들의 놀라운 재능이 허비되고 있는 걸 안타까워한 옆 행성 사람들이 인공위성을 띄워 그들의 메모나 스케치를 찍고 보관할 정도였다.

"그거 도둑질 아냐? 거의 제국주의 국가들의 박물관 같은 행태인데?"

한아는 문득 그게 옳지 않은 일 같았다.

"그렇긴 해. 하지만 일단 저 사람들도 허락을 하긴 했거든. 하도 귀찮게 구니까, 마음대로 해, 수준의 허락이긴 했지만…… 우주 전체가 저들한테 큰 도움을 받고 있지. 대신 다른 문명들이 무슨 일이 있어도 저 별을 있는 그대로 보존해주기로 약속했어. 지금까지는 잘 지켜지고 있고."

광합성인들이 열두 개의 손가락으로 흙 위에 글과 그림을 늘어놓는 모습은 언제 봐도 지겹지 않았다. 때로 그들의 머리카락 덩굴에서 꽃이 피기도 했다. 나팔꽃과 비슷한 형상이었다. 한아는 경민 없이 혼자서도 새벽에 일어나 종종 그들을 바라보았다. 한아가 좋아하는 행성들 중 하나가 되었다.

한아는 일이 잘 풀리지 않을 때 특히 자주 그곳을 바라봤는데, 놀랍게도 새로운 아이디어가 샘솟았다. 광합성인들이 보내주는 것은 아닐까, 한아는 다정한 생각을 했다.

36

우주에도 악취미인데 실행력은 또 지나치게 좋은 이들이 존재해서, 한 지구 애호가가 소규모로 재현해놓은 '제2 지구'가 있었다. 이름과 달리 지구와 그다지 비슷하지 않았다. 적어도 7층은 되어 보이는 빌딩에서 사람들이 풀쩍풀쩍 뛰어내리는데 하나도 다치지 않는 걸 보고 한아는 놀랐다.

"고양이도 아니고 어쩜 저럴 수 있지?"

"아, 저 사람들 '고양이 남자'야. 전혀 고양이랑 닮지는 않았지만 대단한 무릎을 가지고 있지."

"남자만 있어? 왜?"

"저곳을 만든 지구 애호가는, 어째서인지 정확한 정보를 얻지 못했던 모양이야. 지구에 대한 걸 왕창 끌어모으기는 했는데 영 편집을 잘못한 거지. 내 생각에 돈이나 기술이 모자랐던 것 같지는 않지만 뭔가 지구에 직접 못 올 이유가 있었던 게 아닐까 해. 애초에 저기 유배당한 범죄자였다는 소문이 있어, 다들 쉬쉬하는 분위기지만."

누군가의 지구에 대한 집착, 어딘가 상당히 뒤틀린 상상력이 낳은 생명체들은 지구를 닮은 듯 생소한 모습이었다. 고양이 남자를 비롯해서 피라니아 같은 인면어, 머리가 세 개인 개, 나비 날개를 달고 날아다니는 비비원숭이 등 지구에서 기원한 것은 맞지만 지구에 정말로 존재하지는 않는 것들이 가득했다. 그러나 무엇보다도 한아를 놀라게 한 건 따로 있었다.

"천사가 있어……"

"응. 멋진 날개지? 근데 돋을 때는 엄청 아팠던 모양이야. 최근에 저 사람이 자서전을 냈는데, 거대한 어금니가 어깨에서 돋는 것처럼 아팠대. 전혀 필요하지 않았던 고통을 겪고 나서 더이상 자신을 만든 지구 애호가에게 복종하길 거부하고 체제 전복을 일으켰어. 지금은 저 행성의 운영자야."

"사람들이 저길 놀러가?"

"지구로 오는 길에 중간 휴게소같이 방문하는데, 사실 나쁜 농담에 가깝지. 비교해보고 웃으라고 들르는 거니까."

"저기 진짜 지구인은 한 명도 없는 거네."

"아니, 딱 한 명 있어. 지구 애호가가 불법으로 납치해간 사람이 한 명. 심지어 한국인이야. 용인 출신인데 어린 시절부터 아르바이트한 경험으로 해외 놀이공원에 취직하려다가 저기로 납치당했대. 지구 애호가가 죽고 다시 자유를 얻었지만 돌아오지 않고 저기 남았어. 천사의 애인이란 소문이 있는데 내가 봐도 꽤 뜨거워 보이더라."

"외계인들의 납치는 진짜 있는 일이구나."

한아는 문득 어딘가를 헤매고 있을 원래의 경민이 무사하기를 바랐다. 언젠가는 저기 저 미묘한 휴게소에 들러 쉬기라도 했으면 좋겠다고 말이다. 그건 남은 사랑은 결코 아니었고 이미 산화할 대로 산화해버린 우정일 뿐이었지만.

경민은 종종 천사의 별에 택배를 보냈다. 지구에 대한 정확한 정보가 담긴 자료와 그쪽에서 활용할 만한 아이템들이었다. 최근에 보낸 건 최신판 『론리 플래닛』 한 박스와 솜사탕 기계였는데 무척 좋아했다. 천사는 근사한 깃펜으로 쓴 감사 인사를 보내왔다.

한아와 경민이 직접 제2 지구에 들르게 되는 것은 아주 나중의 일이다.

37

"나 임신해버렸지 뭐야."

유리가 붓을 놀리며 심상하게 말했을 때, 한아는 깜짝 놀라서 재봉틀을 멈췄다.

"콘돔이 터진 것 같아. 잘 확인했어야 하는데."

"뭐?"

"근데 막상 이렇게 되고 보니까, 그런 확률을 뚫은 아이라면 한번 낳아볼까 하고."

한아는 한 번도 질러본 적 없는 희한한 소리의 기쁜 비명을 질렀다. 적당한 말을 찾지 못했지만 그걸로도 축하의 뜻은 잘 전달되었다.

"낳을 생각이 전혀 없었는데 말이야. 언젠가 네가 말했잖아. 지구에는 사람이 너무 많고, 사람 아닌 생물들한테 자리를 양보해야 한다고. 나도 거기에 동의했었는데. 쯧, 인생마음대로 안 돼."

"좋은 환경주의자로 키워내면 되지! 우리는 쪽수가 더 필요해."

"쪽수라니, 품위 없게."

유리가 깔깔 웃었다. 웃다가 정색하고 물었다.

"근데 늘 궁금했는데…… 음, 너희는 어떤 방식으로 되는 거지?"

"아아, 음…… 비슷해."

"비슷할 리가, 반광석이라며? 그럼 상당히 단단한 거 아냐?"

"광석인 부분은 한참 안쪽인걸. 상관없다고. 경민이 몸은 일종의 슈트잖아. 그래서 센서가 많이 달린 돌출부가 있고, 내가 좋아하니까 몇 개 더 만들어줬어."

"뭐야 그거, 완전 섹스 토이네."

"그렇지만 정말 살갗 같은 느낌이고 다른 게 있다면……
전반적으로 뜨겁나? 발열 문제가 있는 것 같아."

"경민씨…… 여기 오기 전에 연구 많이 했나보네."

"정말 그런 듯해. 가끔 인체에 대해 나도 몰랐던 걸 가르쳐줘."

"어떤 거?"

유리가 눈을 빛냈다.

"다른 어떤 뼈에도 붙어 있지 않은 갈비뼈가 있는 거 알고 있었어? 외로운 갈비뼈. 그런 곳을 짚어줘."

"엥, 뭐야, 하나도 안 야해. 그런 거 궁금하지 않아. 그거 말고는?"

"원래 경민이보다 조금 더……"

"조금 더, 조금 더 뭐? 조금 더 커?"

"조금 더 함께 있는 기분이야."

유리는 야유했고 한아는 웃었다. 함께 있는 기분이 드는 건 경민이가 외계인이고 아니고는 상관없는 문제라는 생각이 들었다.

"난 뭔가 되게 다른 걸 기대했는데."

"뭘 기대한 거야, 대체? 그래도 가까이서 보면 좀 다르긴 해. 특히 머리카락이…… 지나치게 균일하게 두피에 꽂혀 있달까? 자연스럽게 불규칙한 것일수록 재현하기 힘든대. 그래서 약간 가발 같아. 가끔은 바람이 심하게 불면 붕 떴다가 고 모양 고대로 다시 내려앉는다니까? 레고로 끼운 것도 아니고."

"에이, 재미없어. 그건 우리 이모부도 그래. 그게 뭐 신기한 거라고."

비록 경민이 유리의 기대보다 별로 재미없는 외계인이긴 했지만, 유리네는 정식으로 경민에게 부탁을 했다. 만약 뜬금없는 소행성과 충돌해 지구가 멸망할 것 같으면 아이를 꼭 탈출시켜달라고. 경민은 그 부탁을 아주 무거운 책임감과 함께 받아들였고, 지하실의 잠수함을 우주선으로 개조하기 시작했다.

"만약에, 네가 아이를 원하면 말야. 경민씨의 유전자 정보로 내가 가능하게 할 수 있어."

경민이 말했을 때 한아는 고개를 저었다.

"걔 진짜 아무것도 안 보고 사인했나보네. 유전자 정보까지 넘겼단 말야?"

"기본적으로는 내가 뭔가 곤란한 일에 휘말려 입안을 면봉으로 긁히게 될 때, 경민씨 정보가 나오게 하는 용도였지만 용도를 한정 짓지 않은 계약이었거든."

"그래서 계약서는 꼼꼼하게 봐야 한다니까, 바보가…… 어쨌든 나는 원하지 않아. 지구에는 사람이 너무 많아. 이대로 90억, 100억이 되면 돌이킬 수 없이 나빠지고 말 거야. 낳지 않는 사람이 훨씬 훨씬 늘어야 해. 유리를 위해서는 기쁘지만, 나는 내 신념이 있으니까."

한아가 말했고 경민은 고개를 끄덕였다. 경민은 한아만큼 한아의 신념을 사랑했다. 한아의 안에도 빛나는 암석이 있는 것이나 다름없다고 말이다.

38

언젠가 결혼을 한다면, 11월에 결혼해야지 하고 생각했었다. 여행을 싫어하는 한아였지만 그래도 신혼여행 정도는 가고 싶었고, 그럼 성수기인 6월, 7월, 8월, 12월, 1월, 2월은 자동 탈락되었다. 그리고 한아는 봄이 싫었다. 계절 자체가 싫다기보다는 봄의 신부니, 5월의 신부니 하는 말의 전형적인 느낌이 싫었다. 그래서 9월, 10월, 11월이 남았고 아예 덥거나 아예 춥거나 해야 드레스 디자인이 용이할 것 같아서 10월이 빠졌다. 최종 후보인 9월과 11월 중에는, 11월을 소재로 한 노래들이 수는 적지만 더 달콤한 게 많아서 11월을 고르게 되었다. 지극히 주관적인 선택 과정이었다.

경민과 함께한 지 3년째 되는 8월이 되자, 한아는 11월의 차가운 공기를 떠올렸다. 콧속이 쩡하는 시원함과 여름보다 훨씬 기분 좋은 냄새 입자들이 함유된 겨울 초입의 공기를. 올해 11월이구나, 그토록 오래전에 정해두었던 11월은. 한아는 중얼거렸다. 결심이라기보다는 자각이었다. 지구만큼 거대한 시계가 움직이기라도 한 것처럼 한아는 그냥 알게 되었다. 슬슬 준비를 해야겠는데.

한아는 일을 하다가 짬짬이, 드레스를 만들기 시작했다. 표백을 하지 않은, 그래서 눈이 시린 하얀색은 아닌 따뜻한 미색의 원단을 바탕으로 애틋한 손님들의 옷에서 떨어져나온 흰색 계통의 자투리천들이 들어갔다. 한아는 11월의 바다처럼 짙은 코발트색 실을 썼는데 그로써 드레스 하나에 새로운 것, 오래된 것, 빌린 것, 파란 것 모두가 들어간 셈이었다.

유리는 한아가 뭘 만드는지 뒤늦게 깨달았는데, 한아에겐 알은체하지 않고 얼른 가게 바깥으로 튀어나가 경민에게 전화를 했다. 프러포즈 작전이 끝나고도 이상한 동맹 의식이 남아 있는 둘이었다. 어쨌든 경민은 어느 지구 약혼자보다 훨씬 기뻐했고, 경민 나름대로 결혼 준비를 시작했다.

한아 커플이 유리를 경유하지 않고 스스럼없이 결혼 이야기를 꺼내게 되는 데는 무려 3주가 걸렸다. 경민의 입장에서는 먼저 말을 꺼내는 게 강요하는 꼴이 될까봐 망설여졌고, 한아의 입장에서는 결혼이 지구에서조차 유효 기간이 지난 제도가 아닐까 문득 회의가 들었기 때문이다.

"우리 이걸 하기로 한 게, 네가 여기 머무는 문제 때문이었잖아."

"응."

"만약 결혼을 하지 않고 지금 상태로 계속 있으면 갑자기 떠나야 할 수도 있는 거야?"

"정확하게 판단하기가 어려워. 정책이 계속 바뀌어서 유의미한 관계에 대한 기준도 해석하기 나름이더라고. 위장 이주로 의심받을 수는 있지만, 같이 가서 감정 테스트를 받으면 잘 통과할 수 있을 거야. 나는 아무래도 좋으니까 네가 원하는 대로 하면 돼."

"우주에서는 다들 어떻게 사나?"

"여기와 비슷한 점도 있고 다른 점도 많지만 여러 개체가 한 단위가 되는 풍습은 꽤 보편적으로 있어."

"여러 개체가 한 단위가 되는 풍습…… 그건 마음에 드네. 생활동반자법이 있으면 고민을 덜할 텐데 왜 안 만들어주는지 몰라. 일단 하자. 해버리자."

한아가 단호하게 결정을 내렸기 때문에 경민은 웃었다.

"다행이다. 여기 머무는 문제도 그렇지만, 나중에 함께 지구 바깥으로 여행하려면 역시 서류가 명확하고 편한 쪽이 좋지."

"싫어, 난 지구에서 죽을 거야."

"그러지 말고 마음을 좀 열어봐."

경민이 부드럽게 한아를 껴안았다. 중요한 결정을 언제나 한아에게 맡겨주는 게 좋았다. 불안한 부분을 솔직하게 털어놓을 수 있는 관계인 것도. 흔한 방식으로 불행한 결혼을 하게 될까봐 걱정했던 때도 있었던 것 같은데, 상대가 상대이니만큼 그 방향으로는 걷지 않게 될 걸 알았다.

39

"업체를 끼지 않고 하고 싶어. 낭비 없이."

한아의 의견에 경민 역시 전적으로 동의했다. 시간과 노력은 많이 들겠지만 탄소 발생을 줄이고 쓰레기 없이 한다면 더 의미 있을 것이었다.

첫번째 단계는 빌라 옥상에 정원을 가꾸는 일이었다. 정원이 없었던 건 아니지만 다소 방치된 상태였는데 식을 치를 수 있을 만한 장소로 동선을 생각해서 가다듬었다. 어차피 가까운 가족과 유리네와 친구 몇이 전부일 것 같아 큰 공간은 필요하지 않았다. 주변에서 이가 나가거나 유약이 벗겨진 그릇들을 기증받아 부드러운 곡선의 화단을 만들었다. 11월에도 시들지 않을 식물들을 잔뜩 심었다. 악천후를 대비해 대형 천막도 준비했는데, 더이상 쓰지 않는 광고 현수막들을 얻어와 한아가 직접 만들었다.

"난 대충 웨딩홀에서 했는데, 너희 하는 걸 보니까 대단하다, 야."

유리가 말했다.

"그때 넌 나랑 가게 안 하고 회사 다녔었잖아. 힘들고 바쁠 때는 이렇게 할 수가 없지."

"그야 그렇지만 거대한 산업용 컨베이어벨트 위에 실린 느낌이었다고. 아주 개인적인 행사인데 전혀 개인적이지 않았어."

"좋긴 한데 골치 아파. 골치 아파 죽겠어."

음식 역시 큰 문제였다. 맛있으면서도 탄소 배출량이 적고 음식물 쓰레기가 덜 나오는 한 그릇 음식이어야 했다. 고민 끝에 해초칼국수와 시래기수제비, 마파두부덮밥을 준비하기로 했다. 세 메뉴 중에 손님들이 마음에 드는 것을 골라, 직접 먹고 싶은 양만 담을 수 있도록 준비했다.

"음료는?"

유리가 중요한 부분을 짚었다.

"아직 생각한 게 없는데."

"내가 주스도 짜고, 술도 담가줄게!"

"힘들지 않겠어?"

유리는 부모님의 과수원에서 과일을 받아온 후 온갖 과일주를 직접 담가 먹던 실력을 유감없이 발휘했다. 그러고 나서 본인은 한동안 못 마신다는 걸 깨닫고 잠깐 실의에 빠지긴 했다. 한아네 결혼 일주일 전 뚜껑을 열자, 아주 잘 익은 냄새가 났다.

주례는 경민의 체류 담당자인 '지구-아시아 대사'가 맡기로 했다. 정확한 직책이 뭔지 몰라도 한아는 그렇게 이해했다. 원래 어느 별 출신인지 몰라도 일단 여기에서는 아주 연륜 있어 보이는 뉴델리의 인류학 교수였다. 한국어도 완벽히 해냈으므로 가족들에게는 경민이 아는 교수님이라고 거짓말을 했다. 거짓말이 불편한 한아가 조금 툴툴댔다.

"그냥 정말 아무 교수님한테 부탁하지 그랬어. 원래 경민이가 교수님들 애제자였거든. 학점은 나빴어도 하도 깨방정을 떨어서 존재감이 있었는데."

"하지만 이쪽이 더 광범위하게 공신력 있는 결혼식 같잖아."

한아를 데리고 다른 별로 이민이라도 갈 기세로 경민이 결연하게 주장했다.

"뭐, 직접 보시면 너를 갑자기 지구 밖으로 뺑 쫓아내진 않겠지."

한아는 외계인 주례 선생을 받아들이기로 했다. 원래의 성별은 짐작하기 어렵고 알고 싶지도 않았지만 어쨌든 여성형 슈트를 입고 있다는 것도 마음에 들긴 했다.

40

비가 올 확률이 6, 70퍼센트나 된다고 했는데, 비는 오지 않았다. 비가 오지 않은 데 경민이 관여했는지 어쨌는지는 알 수 없었지만, 한아는 천막 없이 하늘에 맞닿아 결혼할 수 있는 게 기뻤다. 유리의 예정일이 얼마 남지 않아서 혹시 못 오게 되면 어쩌나 걱정했는데, 미래의 조카도 꾹 참고 뱃속에서 참석해주었다. 경민의 아버지 부부와 간만에 귀국한 형은 어색한 표정으로 옥상에서의 작은 예식에 참석했다. 친척들은 많지 않았고, 친구들이 많았다. 한아의 부모님은 한아가 만들어준 옷을 입었다. 부드러운 감색과 갈색의 정장이었다. 유리보다는 조금 덜 친하지만 아직 결혼하지 않은 친구가 기쁘게 부케를 받았다. 한아는 부케도 직접 디자인했는데, 칼라 꽃의 긴 꽃대를 그대로 활용하여 하늘색 리넨 리본으로 묶은 것이 전부였다. 비닐이나 플라스틱은 들어가지 않았다. 음식은 호평이었다. 심지어 외계인 주례조차 해초국수를 좋아했다. 아주 개운한 맛이 났다. 그것은 언제나 한아가 바랐던 결혼이었다.

웨딩홀에서의 결혼보다 훨씬 신경쓸 게 많고 손도 많이 갔기 때문에 두 사람은 이틀을 쉬었다. 일단은 옥상을 정리하고 빌린 의자와 악기, 음향기기 등을 반납해야 했다. 하루 푹 자고 나서 쌀뜨물에 담가두었던 식기들을 친환경 세제로 설거지했다. 두 사람은 설거지를 하느라 차가워진 서로의 손을 잡고 차를 마셨다.

둘은 신혼여행지를 두고 몰디브와 베네치아 중에 고민을 한참 했다. 두 곳 다 몇십 년 후면 물에 잠겨 못 보게 될지도 모를 곳이었기 때문이다.

"두 군데 다 가면 되잖아?"

"비행기를 너무 많이 타고 싶지 않아."

"왜?"

"항공 연료 소비 증가도 지구온난화의 큰 요인이니까."

"그럼 두 군데 중 어디를 더 가고 싶어?"

결국 몰디브를 골랐다. 한아는 바다를 좋아했다.

몰디브의 해변에서 한아는 경민의 팔을 베고 누웠다. 사랑스러운 배우자의 얼굴을 보며 원래 그 얼굴의 주인과는 전혀 다른 사람을 보았다. 한아는 그 얼굴이 아니라 얼굴 너머에 있는 존재를 사랑한다고 느꼈다. 이 사랑은 혼란스럽지 않아, 입안으로 말했고 확신했다. 외부 슈트 없이 본연 그대로의 돌덩어리라도 사랑할 수 있을 것 같았다.

"경민아."

한아는 익숙한 이름을 불렀지만 부를 때 이름의 주인을 생각하지는 않았다. 한아에게 경민이란 이름은 고유명사가 아니라 보통명사처럼 여겨졌다. 아주 특별한 사랑을 이르는 말. 이제 그 사랑의 온전한 소유권은 이 눈앞의 존재에게 있었다. 언젠가 사라질 섬에서, 사라지지 않을 감정을 가지고 두 사람은 잠이 들었다. 경민은 인간처럼 잠이 드는 게 좋았다. 단순히 무의식에 접속하는 게 아니라, 정말 눈꺼풀을 감고 몸을 늘어뜨리는 행위를 모사하는 게 좋았다. 한아가 세상을 슬퍼하거나 아프게 생각하지 않고 편안히 잠들면 그 풀어진 표정을 보는 것도 좋았고, 그럴 때마다 지구에 날아온 것이 정말 잘한 일이라는 생각이 들었다. 그리고 그 안도감 속에서 경민 역시 꿈결에 들어가면, 무의식으로 연결된 먼 곳의 속삭임이 경민의 행운을 축하해주었다. 경민은 오만해질 정도로 행복했다. 부럽지? 그러니까 너희들도 얼른 달려가. 하얗게 타는 발자국을 남기면서 열심히 달려가란 말이다.

그렇게 푹 자고 깨어나면, 따뜻한 바다가 두 사람을 기다리고 있었다. 산호를 사랑하는 마음으로 선크림을 바르지 않고 수영을 하고, 그늘에서 몸을 말렸다. 어깨에 입맞출 때

짭짤한 소금기가 느껴졌다. 커다란 오렌지 사탕 같은 태양이 지는 시간에 입안에 남은 소금기에 끌려 데킬라를 희석시킨 칵테일을 마시러 갔다. 밤늦게 돌아가며 키스하면, 연인의 입술 사이에 우주가 있었다.

돌아오고도 한참 동안, 매일매일의 일상 속에서 꺼내볼 수 있는 풍경이 있다는 건 좋았다.

41

정규가 간만에 전화를 해 청첩장을 잘 받았는데 가지 못해 미안하다고 말했다. 그러나 그건 인사치레일 뿐, 정규가 둘의 결혼이 강압적인 과정이 아니었는지 그리고 지구 침략의 일환이 아닌지 재차 확인하려 연락한 것임을 부부는 잘 알고 있었다. 그런 확인조차도 고마웠기 때문에 언제 식사라도 하자고 이쪽도 인사치레로 답했다.

"팬클럽 회장은 잘 지낸대요?"

"요즘은 연락이 좀 뜸하지만, 마지막 연락 왔을 때는 신나 보였어요. 요새는 매니저래요."

"흠, 저도 이직해야 할까봐요. 역시 잘 안 맞아서……"

정규가 태연하게 말했지만, 스트레스와 고민의 기운을 읽어낸 경민은 좋은 일자리를 소개해줘야겠다고 생각했다.

한아의 평일은 여전했다. 그저 일에 집중했다. 일은 한아에게 언제나 우선순위가 가장 높았고, 그 점은 외계인과 결혼했다고 해서 바뀌지 않았다. 주위의 다른 가게들이 다 바뀌어갈 때 한아의 가게는 살아남았다. 그 부근을 설명하는 약도에 항상 포함되었다. 의뢰는 꾸준했고, 매번 의미 있었다. 수입은 크지 않았지만, 국내외 환경 단체에 꾸준한 기부를 할 만큼은 되었다. 평소보다 많이 벌었을 때는 난민들을 돕는 단체에도 기부했다.

"가끔 지구인이라는 게 쪽팔려. 아직도 이렇게나 서로 죽이고 망치고 있다는 게."

"너무 쪽팔려하지 마. 지구는 아직 평화롭지 않지만, 그래도 위대한 정신들이 자주 태어나는 멋진 별이야. 넌 어슐러 르 귄이랑 몇 년이나 같은 별에 살았잖아. 그건 자랑스러워해도 되는 일이야. 끝까지 노벨문학상을 안 주다니, 멍청이들."

나날이 지구의 문화에 눈떠가는 경민이 한아를 미묘한 방식으로 위로했다.

주말에 한아가 자신의 부모님을 만나러 갈 때, 경민도 원래 경민의 부모님을 만나러 가곤 했다.

"넌 왜 자주 가는 거야? 그러다가 들키지 않을까? 원래 서먹한 사이인데 네가 너무 노력하면 이상하잖아."

한아는 걱정이 되었다.

"그게 말야, 경민씨의 새어머니, 굉장히 멋진 찻잔 콜렉션이 있어……"

"뭐?"

의외로 새어머니와 통하는 면이 있었던 모양이었다. 경민이 언제 지구의 도자기 문화에 눈떴는지 몰라도, 새어머니와 빈티지 찻잔 시장을 누비며 귀한 세트를 획득하고 긴 티 타임을 가지는 게 큰 즐거움이 되었다고 했을 때 한아는 웃어야 할지 말아야 할지 모를 기분이 되었다. 한아도 한두 번쯤은 따라갔는데, 의붓아들이 아닌 외계인과 세계의 아름다운 도자기들에 대해 심도 있는 대화를 나누고 있다는 걸 모르는 시어머니를 보면 안쓰러운 마음이 들었다. 아니에요, 경민이가…… 관계가 개선된 게 아니야…… 뭔가 알 수 없는 게 된 거야…… 말해주고 싶을 정도였다.

그러다가 집에 김치가 오기 시작했다.

"애, 김치소가 너무 많이 남아버려서 말이다."

한아는 '애'라고 불린 것에 놀랐고, 싫지 않았다. 명절을 같이 보낸다거나 제사를 지낸다거나 하는 일은 없었다. 그저 가끔 도자기를 구경하고 종류가 다른 김치를 얻어먹었을 뿐. 한아가 예상치 못한 관계가 시작되었지만 관계가 넓어지는 것에 마음이 열려 있었다.

"요즘 네 새엄마한테 잘하니 보기 좋구나. 그 사람 정말 외로워했었어."

경민의 아버지가 눈시울을 붉히고 말해왔을 때는 아무래도 좋겠다는 생각이었다. 원래의 경민이 버리고 간 것을 지금의 경민이 살짝 고치는 것은 그렇게 나쁜 거짓말은 아닐 것이었다.

"좋은 두부 요릿집을 알게 되었는데 같이 가실래요?"

경민은 도자기와 콩으로 된 식품을 특별히 좋아하게 된 듯했다. 한아는 외계인 배우자가 마치 신라 시대 사람들이 아라비아에서 온 유리그릇을 소중히 여겼던 것처럼 조심조심 섬세한 도자기를 다룰 때, 또 콩비지를 마법 수프 끓이듯 저을 때 어이없음과 사랑을 동시에 느꼈다.

42

유리네 딸은 건강하게 자랐다. 엄마를 닮아 직선적이고 담대한 성격에, 아빠를 닮아 에너지가 넘치고 건강한 그 아이와 놀아주는 것은 한아네 부부에게는 큰 즐거움이었다. 유리네에게는 겨우 한숨 돌릴 수 있는 휴식이 되었고 말이다.

"유리네 딸이랑 놀다보니까 생각을 하게 되었는데……"

한아가 말을 꺼내자 경민이 스프링처럼 반응했다.

"아이를 가지고 싶으면 만들 수 있지만 직접 임신은 안돼. 그거 너무 위험하고 인류가 왜 아직 그러고 있는지 모르겠어. 외부 배양기를 쓴다면 찬성이야."

"아니, 앞서나가지 마. 나는 그렇게 누구나 같은 형태의 가족을 이루어야 한다고 생각하지 않아."

한아는 경민의 넘겨짚음에 약간 짜증이 났다.

"아이를 직접 가지고 싶다는 게 아니야. 그게 아니라 우리가 가진 자원들을 다음 세대와 나누는 건 중요한 것 같다는 생각이 든 건데, 우리 빌라 텅텅 비어 있잖아. 활용할 수 있지 않을까?"

지하실에 잠수함 겸 우주선이 있고 다른 특이한 물건들도 많다보니, 원래 살던 임차인이 나가고 나면 새로 받지 않았었다.

"아아, 뭐가 하고 싶은 건데?"

"청소년 쉼터 겸, 막 성년이 되어 쉼터에서 나가야 하는 사람들이 처음 살 수 있는 공간."

두 사람은 여전히 우주적 기준에서는 빚이 쌓여 있고, 지구적 기준에서는 경제적으로 안정된 복합적인 상태에 놓여 있었는데 그래도 건물을 쉼터로 전환하는 건 가능했다.

"나는 수명이 긴 돌이랑 결혼해서 노후 준비 같은 건 안 해도 될 것 같으니까."

"돌이라 부르지 말아줘. 어쩐지 멸칭 같다고."

"그럼 뭐라고 해?"

"광물, 암석 등등 많잖아. 돌은 어쩐지 싫어."

"알았어."

두 사람은 시답잖은 소리를 하며 공간을 잘 분리했다. 한아는 사업체를 확장해야 할 필요를 느꼈다. 청소년 쉼터, 장학 사업 운영과 더불어 페트병에서 섬유를 추출하는 회사를 차려 일자리도 마련하기 시작했다. 회사는 점점 리사이클링과 업사이클링의 다양한 영역으로 진출했다. 자본이 부족해서 위기의 순간이 없었던 것은 아니지만, 한아와 경민이 하는 일에 대해 꼼꼼한 감사를 받은 후 우주 특허가 풀린 기술

몇 개의 사용을 허락받아 메꾸었다.

쉼터 이용자들은 한아와 경민, 그리고 두 사람을 돕는 지구인과 외계인들의 보살핌을 받으며 건강한 청소년기를 보냈다. 곧바로 떠나기도 하고, 남아서 대학을 다니기도 하고, 졸업하고 한아의 회사에서 일하기도 했다.

"이모, 나도 커서 이모 회사에서 일해도 돼?"

유리의 딸이 물었을 때 한아는 웃어버렸다.

"네가 원하면."

웃고 나서 잊었는데 정말로 이루어지는 경우가 있지만, 그것은 어쨌든 나중의 일. 한아는 우수 사회적 기업가 표창을 받았던 날 아득하게 생각했다. 이렇게까지 열심히 할 생각은 없었는데.

43

한아와 경민은 금요일마다 데이트를 했다. 일부러 B급 SF 영화를 주로 보러 다녔다. 빈약한 설정이나 큰 오류를 보고 웃으려는 목적이었지만, 가끔은 꽤 정확한 정보가 노출되는 적도 있어 깜짝 놀라곤 했다.

"지구인들은 은근히 직감이 있다니까."

"스스로 B급이라고 홍보하면서, 전혀 B급이 아니네."

두 사람은 아무에게도 가닿지 않을 감탄을 하며 긴 밤 산책을 했다. 그런 금요일들이 10년 넘게 이어졌고, 둘 중 한 사람도 전혀 질리지 않았다.

경민이 찬탄했던 지구인의 직감을, 한아는 가지지 못했음이 분명했다. 왜냐면 그 아주 달랐던 금요일에 아무 예감도 못했기 때문이다. 지진이 다가오는 걸 예감하지 못하고 죽는 무딘 땅속 동물처럼, 산불을 피하지 못하고 나무에 엉겨붙는 코알라처럼 무지했다. 미리 알았더라면 도망쳤을 거라고, 경민의 손목을 잡고 뒤도 돌아보지 않고 도망쳤을 거라고 후에 한아는 생각했다.

"슈트를 좀 업데이트하지그래? 내가 너무 어린 남자를 데리고 사는 것처럼 보인다고. 안 그래도 사람들이 자꾸 사장님이라 부르는데 그런 전형적인 오해를 받고 싶지 않아."

"슬슬 업데이트를 하긴 해야겠네. 그것도 다 돈인데 말이지."

"능력 있어 보이긴 하지만 영 개운치 않단 말야. 사람은 자기 또래랑 어울려야……"

"그렇게 말하면 내가 너무 징그러워져."

"뭣도 모르고 나이 많은 암석 덩이랑 결혼했다니까? 어려서 뭘 몰랐어."

"그만 놀려. 환산하면 내가 더 젊은이야."

두 사람은 팔짱을 낀 채 장난스럽게 서로에게 체중을 실었고, 함께 살아갈 날들을 감미롭게 가늠했다. 경민은 다른 사람이 보지 않는 외진 길에서는 종종 걸음을 멈추고 한아의 머리카락에 코를 묻었다. 실제로 코의 기능을 하는 부분은 전혀 다른 곳에 있으면서도, 아주 지구인답게 표현했다. 모르는 사람이 보면 사랑스러운 한 쌍의 같은 종처럼 보일 터였다.

서로만을 보느라, 두 사람은 빌라 외벽에 기대어 서 있던 다른 한 사람을 보지 못했다. 봤더라도 결코 알아보지 못했겠지만 말이다. 결국 기대어 선 사람이 먼저 잔뜩 쉰 목소리로 불렀다.

"한아야."

한아는 돌아보았고, 다시 보리라 생각지 못했던 얼굴을 겨우 알아보았다. 변한 얼굴에서 익숙한 윤곽을 찾아냈다. 그것은 지금 한아가 사랑하고 있는 배우자의 얼굴, 두 개여서는 안 되는 얼굴이었다. 옆에서 경민이 낮게 신음하는 소리가 들렸다.

돌아와서는 안 되는 이가 돌아왔다.

약속을 어기고, 이름과 얼굴의 주인이 거기 아주 변한 모습으로 서 있었다. 언젠가 한아를 버리고 떠났던 그 가벼운 영혼이.

한때 한아는 자주 그 순간을 상상하곤 했었다. 얼마나 끔찍한 말들로 그를 맞을지. 다양한 버전이 준비되어 있었다. 배신과 유기에 대해 할말이 무진장 많았다. 그러나 그 시기를 지났고 잊었고 더 나은 날들을 맞았기 때문에, 뒤늦게, 너무나 뒤늦게 상상했던 상황이 실제로 벌어지자 아무 말도 하지 못했다.

대신, 신고 있던 단단한 굽의 단화를 벗어 힘껏 던졌다. 신발은 정통으로 원래의 경민 가슴에 맞았다. 굉장히 둔탁한 소리가 났다. 그런 다음 한아는 말의 형태가 되지 못한 소리를 냈는데, 그 소리에 스스로도 놀라버렸다. 마음속에서 잘 정돈했다고 생각했던 감정들이, 정돈된 게 아니라 그저 갇혀 있다가 튀어나와버렸단 걸 깨달았기 때문이다. 한아는 도저히 똑바로 생각할 수 없었고, 한쪽만 신발을 신은 발로 절뚝거리며 건물 안으로 들어갔다. 지금은 아니지. 이제 와서 돌아오는 건 정말 아니지. 다시 뛰어나가 꺼져버리라고 소리를 지르고 싶었지만 어금니를 꽉 맞물었다.

"서 있을 수 있어요?"

외계인 경민이, 원래의 경민에게 다가갔다. 두 사람은 전혀 달라 보였으므로 그 장면은 도플갱어 영화와는 달랐다. 원래의 경민은 머리가 재색으로 바래 있었고, 안색은 죽은 사람보다도 나빴다. 한아는 멀어서 혹은 분노에 눈이 멀어서 보지 못했지만, 그가 서 있는 자세는 뼈에도 심각한 문제가 있음을 그대로 나타냈다.

"아뇨, 숨쉬기도 힘들어요."

그 와중에도 원래의 경민은 웃으려 노력하며 대답했고, 얼른 외계인 경민이 부축해 지하실로 데리고 갔다. 한아가 생각했던 것보다, 한아가 던진 구두는 돌아온 경민에게 큰 타격을 입혔다. 유리처럼 약해진 갈비뼈 몇 개를 부러뜨렸던 것이다. 사실 온몸이 곧 먼지가 되어도 이상하지 않은 상태였다.

44

엑스.

한아는 돌아온 경민을 엑스라고 불렀다. 대놓고 부를 일은 없었으므로 3인칭으로만 부르며, 그렇게 짧게 흔히들 쓰는 말로 함께한 시간을 깎아버렸다. 차마 경민이라고 부를 수는 없었다. 도저히 입이 떨어지지 않았다. 경민은 언제나, 단절 없이, 연속적으로 한아가 사랑하는 존재를 부르는 이름이었다. 그 이름을 돌려줄 수는 없었다.

"이름까지 뺏겼군요."

악의 없이 빙글거리며 엑스가 말했다. 알아볼 수 없을 정도로 만신창이가 되어서도 특유의 태도는 바뀌지 않았고 그게 더 한아를 화나게 했다. 화가 난 건 경민도 마찬가지였다.

"대체 무슨 생각으로 그랬어요? 내가 준 약들 먹으면서 중간중간 쉬어야 한다고 했잖아요. 그런 식으로 여행하면 당연히 몸이 망가지죠. 경고했잖아요, 여러 번 강조했잖아요."

멈출 수 없었던 것이었다. 안에서 새는 바가지가 밖에서도 샌다고, 엄청난 갈증으로 멈추지도 않고 나아갔다고 했다. 우주의 가장자리에 다다라 별들의 사이가 멀어지는 걸 보았다고, 한 번도 인간이 가본 적 없는 가장 먼 경계선까지 다녀왔다고 여전히 황홀함에 젖은 표정으로 말했다.

"근데 대체 왜 돌아왔어?"

의문이 아닌 항의를 담아서 한아가 물었다. 그때 엑스가 지은 표정을 보고는, 경민은 자리를 비켜주었다.

　"어떤 순간이 있었어."

　엑스가 긴 의자에 몸을 뉘고 말했다. 목뼈는 기이하게 굽어 있었고, 끊임없이 입술이 말랐다. 흐르지 않는, 진득한 피가 갈라진 입술 사이로 배어나왔다.

　"갑자기 한순간, 네가 나를 완전히 잊었다는 걸 깨달았어. 설명할 수 없지만 그 순간 이후로 다시는 날 생각하지 않을 걸 알았어. 완전히 잊혀버리는 시점 말이야. 그게 굉장히 실체를 가지고, 누가 친 것처럼 쿵 때렸달까. 전혀 과학적이진 않지만."

　"그럼, 뭐 내가 계속 널 생각했어야 해? 그렇게 가버렸는데 내가 왜?"

　한아는 속이 메슥거려서, 엑스의 눈을 제대로 볼 수도 없었다. 엑스는 대답하지 않았다.

　"네가 가버린 건 이제 슬슬 용서가 되던 참이었어. 그런데 돌아온 건 용서할 수 있을지 모르겠다."

　빈방에 엑스를 두고 나와버렸다.

　"용서해야 해."

194

경민이 짐을 싸며 말했다.

"우주 끝까지 갔다가 널 위해 돌아왔어. 그건 보통 인간이 할 수 있는 일이 아냐."

한아는 경민의 시선을 붙들려고 애를 썼지만, 경민은 계속 눈을 피했다.

"어떻게 그런 식으로 말해? 왜 네가 자리를 피해? 재한테 그런 자격이 어딨어?"

"난 빚을 졌잖아."

"그건 공정한 계약이었어. 아니, 난 차라리 네 쪽이 손해를 본 게 아닌가 싶은데."

"경고하지 않은 건 아니지만…… 저렇게 될 위험이 높다는 걸 알고 있었어. 호기심은 많고, 우주를 견딜 몸은 없는 종에게는 늘 일어나는 일이니까. 알고 있으면서도 보냈어. 이 자리가 탐나서. 네 옆자리가 탐나서. 나 자신한테 거짓말을 할 수는 없잖아."

"선택을 한 건 재야. 난 이제 재 얼굴을 똑바로 볼 수도 없어. 같은 얼굴이라도 더이상은."

"한아야, 잔인해지지 마."

"가지 마. 정말 빚졌다고 느낀다면 나 대신 네가 어떻게 해줘. 난 재를 돌볼 기술도 없어."

"나로서도 어떻게 해줄 수 있는 단계는 한참 지났어……
얼마 남지 않았을 거야. 그냥 곁에 있어줘. 너밖에 할 수 없
는 일이야. 널 위해서 돌아왔는걸. 그건 우리가 상상하는 것
보다 훨씬 먼길이었을 거야. 내가 온 길보다도 먼길이야."

경민이 한아의 이마에 키스했다. 한아가 이마에 하는 키
스 따위 얼마나 싫어하는지 알면서 마치 입술에 대한 권한
을 잃었다는 듯, 그토록 물러선 각도로 잠시 접촉했다. 한아
는 괴로운 와중에 경민의 괴로움까지 이해했다. 한아와 엑
스가 함께 있는 모습을 가까이에서 보는 건 견디기 어려운
일일 터였다. 지구에 오기 전까지 멀리서 지켜본 것과는 다
른 고통일 것이었다.

"어디에 있을 거야?"

"시베리아도 가보고 아프리카도 가보고…… 못 본 부분
이 많으니까, 멀리멀리 가볼 거야."

경민이 억지로 웃었다. 조심스럽게 한아의 얼굴 윤곽을
따라 쓰다듬는 시늉을 했다. 그러나 그 손바닥이 와닿지 않
아서, 한아가 아닌 한아 주변의 공기를 쓰다듬는 것 같아서,
한아는 마음이 더 아파졌다. 집을 나서는 경민에게 무슨 말
이라도 해야 할 것 같았다.

"널."

그러나 한아는 마땅한 동사나 형용사를 찾지 못했다.

"……너야."

언제나 너야. 널 만나기 전에도 너였어. 자연스레 전이된 마음이라고 생각해왔었는데, 틀렸어. 이건 아주 온전하고 새롭고 다른 거야. 그러니까 너야. 앞으로도 영원히 너일 거야…… 한아는 그렇게 말하고 싶었지만 채 말하지 못했고 물론 경민은 그럼에도 모두 알아들었다.

45

유리가 식료품을 날랐다. 경민이 구해놓은 것들이 있었지만 추가로 필요해진 의료용품들도 확보해왔다. 부지런히 움직이면서 분명히 했다.

"널 위해서 하는 거지, 그 새끼 편하라고 하는 거 아냐."

유리는 아주 건조한 눈으로 그를 들여다보았고 짧게 인사했다. 엑스 역시 이제 와서 별다른 노력을 할 수는 없었다. 그럴 기력도 없었을뿐더러. 두 사람 사이의 조용한 마찰이 오랜만에 한아를 불편하게 했다. 원래는 이랬었지. 기억나려 하는군.

한아와 유리는 한동안 일을 쉬었다. 꼴 보기 싫은 건 싫은 거고 엑스가 혼자 죽게 내버려둘 수는 없었던 것이다. 한아는 유리가 내내 곁에서 도와주는 게 버거울 정도로 고마웠다.

"미안해, 너까지 이런 일을 감수할 필요는 없는데. 작업 밀린 거 아냐?"

유리가 코웃음을 쳤다.

"어차피 난 굳이 가게에서 일할 필요 없었어. 너랑 같이 있고 싶어서 시작한 사업이니까 크게 상관없어. 그리고 우리 사이, 이제 친구 단계는 넘어선 지 오래잖아."

한아는 샤워를 안 한 것도 잊고 자기도 모르게 유리의 목에 매달렸다.

"응…… 나도 너 사랑하는데, 머리 좀 감아."

유리가 경쾌하게 한아의 등을 쓸어주었다.

처음 엑스는 우주에 관해, 우주에서 본 것들과 우주에서 만난 이들에 대해 이야기하려고 했다. 그러나 한아는 그 이야기들을 즐겁게 들을 수 없었다. 일단 신나게 이곳저곳을 망원경으로 구경한 후였고, 두번째로는 한아를 버리고 가서 만난 이들 중 아무도 그를 위해 지구까지 따라오진 않았으므로 다소 무의미해 보였기 때문이다. 한아가 우주에 관해 물었던 것은 딱 한 번뿐이었다.

"넌 어떻게 빚을 지지 않고 다시 돌아온 거야?"

"알다시피 갈 때는 그 사람의 자유 여행권과 남은 전 재산을 들고 갔고, 올 때는 아폴로가 도와줬어."

"아, 아폴로 우주에서 인기 많아?"

"응. 나랑 같이 출발할 때만 해도 신인이었는데 돌아오는 길에는 대스타가 됐더라. 큰 도움을 받았지. 같이 다니는 조그만 매니저는 좀 이상했지만…… 고의로 자꾸 발을 밟더라고."

그러나 그게 끝이었다. 우주 끝까지 갔다 오면서 눈치는 조금 는 모양으로, 엑스는 한아의 무관심을 금방 알아챘다. 긴 휴가를 가진 건 거의 처음이나 다름없었는데, 한아는 내내 초조해하며 지구 어디에 있는지 모를 경민과 이야기하고 싶어했고, 그러고 싶은 마음을 참으면서 손톱 거스러미를 뜯었다. 한아를 안타깝게 보던 엑스는 여러 번의 시행착오 끝에 신경을 안정시킬 만한 이야기들을 찾아냈다. 옛날이야기들을.

"기억나? 기숙사 체육대회 때 내가 골 넣었던 거?"

"아아, 그거 너 완전 실수였잖아. 넘어지면서 실수로 오버헤드 킥을 넣다니, 정말 어이없었는데 다들 널 영웅처럼 메고 다녔지."

한아는 청년보다 소년에 더 가깝던 시절, 엑스의 얌체 공 같았던 반사 신경과 운동 신경을 떠올렸다. 그 우스꽝스러우면서도 멋졌던 오버헤드 킥은 한아의 머릿속에서 한참 되풀이되었다.

"경기 종료음이 울리기 직전에 넣은 거라고. 그럼 영웅이지, 뭐."

"너도 참 쉽게 쉽게 산다니까."

지금이 아닌 과거를 향한 미소라도 붙잡으려는 엑스의 노력은 가상한 데가 있었다.

"그럼 그건 기억나? 유리씨한테 보내려던 문자를 나한테 보내서 둘이 싸웠던 거?"

"그때 정말 민망했었어. 유리한테 네 욕을 왕창해서 보냈는데 너한테 답장이 와서는."

"그러게 왜 내 욕을 했냐?"

"그러게 왜 넌 욕먹을 짓을 했냐?"

"……내가 뭘 했더라?"

"다른 여자애들이랑 강원도엘 갔던가, 강원도에 가서 다른 여자애들을 만났던가 그랬을걸. 나도 이제 와선 기억이 안 나네."

다툼에 관한 기억들조차도 격한 감정을 일으키진 않았다.

두 사람은 자잘한 기억들을 건져올렸다. 처음으로 함께 조각보를 만들듯이. 이런 사소한 수다를 위해 엑스가 돌아오다니, 한아는 아무래도 한심스럽다는 기분이었지만 더이상 화가 나지는 않았다.

46

엑스는 조금씩 줄어드는 것 같았다. 안에서부터 뭔가 비어가고, 그 내부의 빈 공간을 이기지 못해 몸이 꺼져드는 것처럼 보였다. 처음 도착했을 때 한아의 구두에 부러진 뼈 말고도 다른 뼈들이 부러지기 시작했다. 엑스를 일으켜 밥을 먹이고, 스펀지 목욕을 시킬 때도 종종 '두둑' 혹은 '뻑' 하고 뼈가 나가는 소리가 들렸다. 그다지 큰 소리는 아니었지만 견딜 수 없는 소리여서, 한아는 결국 엑스를 거의 건드리지 않기로 했다. 어차피 엑스는 음식을 거부했고, 모공이 죽어버린 것처럼 땀을 흘리지 않았고, 몸안의 모든 순환이 멎어버린 것처럼 배출되는 것들이 거의 없었다.

"이런 오줌 색깔은 처음 봐."

"그러게. 하루하루 무지개처럼 변하네."

한아는 엑스의 몸이 무너지는 속도가 무서웠는데 엑스는 그다지 신경쓰지 않는 것 같았다. 유리가 영양 링거액을 가져왔지만, 엑스는 거부했다.

"오래 붙잡고 있고 싶지 않아."

"웃기지 말고 링거 맞아."

"내가 가야, 그 사람이 돌아오지. 너 기다리고 있잖아."

한아와 유리는 엑스의 의사를 무시하고, 그 힘없는 팔에 링거 바늘을 꽂아보려 했다. 하지만 아마추어인 두 사람은 혈관을 잡을 수 없었고 그 와중에 손가락을 두 개 부러뜨렸기 때문에 포기하고 말았다.

몸 상태를 있는 그대로 받아들이고 있는 엑스였지만 단한 가지, 자는 시간만은 아까워 죽으려 했다. 자다가도 번쩍번쩍 눈을 떴다. 눈을 뜬다 해도 딱히 할 수 있는 것도 없으면서. 그러고는 한아를 향해 손을 내밀었다. 한아는 아무것도 부러뜨리지 않으려 애쓰면서, 너무 말라 절지동물의 다리처럼 보이는 손을 잡았다. 엑스의 손에서는, 손과 다른 모든 부분에서는, 가루가 묻어나는 것 같았다. 세포들이 응집력을 잃고 부슬부슬 말라서 떨어지는 것처럼 느껴졌다. 잠시 자고 일어났는데 엑스가 누워 있던 곳에 재만 남아 있어도 한아는 놀라지 않을 것 같았다.

"곧 눈이 보이지 않을 것 같아."

엑스는 시력을 완전히 잃기 전에 경민의 잠수함 겸 우주선을 보고 싶어했다. 한아는 엑스를 업고 경민의 작업장을 자세히 구경시켜주었다. 몸이 더 부서졌지만 엑스는 큰 신음을 내지 않았다. 엑스를 업고 있는 건 기분이 이상했다. 원래 키는 그렇게 큰 편이 아니었지만, 늘 단단하고 꽉 찬 느낌이 드는 체구였는데 업지 않은 것처럼 가벼웠다. 언젠가의 바닷가에서 엑스가 한아를 업고 달렸던 때의 기억이 났다. 모래가 업힌 한아에게까지 튀던 것과 다 달리고 났을 때 뜨거워졌던 엑스의 허벅지가 생각이 났다. 완벽하게 균형 잡힌 것은 아니었으나 그 불균형이 오히려 묘한 균형을 만들어내던 아름다운 근육들이. 이제는 지점토 인형을 업고 있는 것 같았다.

"안쪽도 보고 싶어."

엑스는 소형 우주선의 안쪽에 누워 천천히 살펴보았다. 한아는 잔잔한 미소를 보고 엑스가 먼 곳을 떠올리고 있다는 걸 알았다. 그 순간부터 우주선이 엑스의 마지막 침상이 되었다.

상태가 좋아 보이지 않았던 머리카락과 눈썹을 시작으로 온몸의 털들이 몸을 떠났다. 쑥 빠지기보다는 끝에서부터 흩날려 떨어졌다. 한아가 치워주려고 했지만 손에 닿으면 더 잘게 나뉘고 사라졌다. 존재하지 않았던 것처럼. 피부가 지독하게 건조해지고, 기묘하게도 촛농 같아졌다. 몸의 여기저기가 움푹 꺼져들어갔고 일부 뼈들은 돌출해나와서 전반적으로 잘못 만든 인체 모형처럼 보였다. 엄청난 고통이었을 텐데, 고통보다는 한아의 시간을 빌린 것에 대한 미안함이 더 많이 엑스의 마음을 차지하고 있는 것 같았다. 떠나지 않았다면 내 평생이 모두 네 것이었을 거라는 잔인한 말을 차마 할 수 없었던 한아는 그저 엑스가 조금이라도 편해지길 바랄 뿐이었다.

시력이 악화되던 속도는 다소 줄어, 엑스는 초점이 살짝 어긋난 뿌연 눈으로도 이내 한아를 발견하곤 했다.

"놓아버리고, 놓쳐버린 걸 인정해. 하지만 정말 사랑했던 걸 알아?"

"말하지 마. 괜히."

"아니, 해야겠어. 세상에…… 우주 끝까지 갔더니 네가 그걸 아는 게 나한테 가장 중요한 문제더라. 진부하게 말이지."

"이제 아네. 알게 됐네."

한아는 자기가 정말 알게 되었다고 희미하게 신기해했다.

"너의 사랑할 수 있는 능력 한도 내에서 최선을 다해 사랑해준 거 알아. 고맙게 생각해."

"미안해. 한도가 작은 남자라. 더 한도가 큰 사람을 만나서 다행이다. 뭔지 모를 외계인이기 하지만."

엑스는 정말로 안심하는 듯한 표정을 지었다. 그러곤 덧붙였다.

"그때 내 자리와 모든 걸 넘기고 떠난 건, 짐작처럼 이기적인 행동은 아니었어. 언제나 충분히 채워주지 못했던 걸 알고 있었으니까. 네가 티를 낸 건 아니지만, 티를 내지 않아서 더 신경쓰였거든. 너무 애쓰고 있는 것 같아서."

"애썼지. 확실히 그때의 난 지나치게 애를 쓰고 있었어."

한아는 거의 전생처럼 느껴지는 과거를 되짚어보았다.

"이젠 그러지 않니?"

"응. 따지고 보면 전혀 자연스러운 관계가 아닌데 숨쉬는 것처럼 자연스러워. 대화가 끊기질 않아. 매일 소리 내어 웃고, 서로를 할퀴지 않아. 경민이의 한도는 어디까진지 모르겠어."

언젠가 그의 것이었던 이름에 엑스의 초점이 잘 맞지 않는 눈이 흔들렸다. 그러더니 힘겹게 부탁했다.

"나도 한 번만 더 그 이름으로 불러줄래?"

한아는 오랜만에 다시 한번 애를 써야 했다. 경민아, 라고
엑스를 불렀을 때 위장이 비틀리는 느낌이 들었다.

"내가 죽고 나면, 여기 묻지 말고 우주로 보내줄래? 죽은
몸이라도 다시 약속을 지키고 싶네. 여긴 그 사람 자리지."

그 정도는 어떻게 되지 않을까 싶은 생각에 한아는 승낙
했다.

"이름, 그 사람이 계속 써줄 수 있니? 좋아 보여. 네 옆에
있는 사람이 한때 내 이름이었던 이름을 쓰는 거. 네가 그
이름에서 날 발견하지 않는다 해도."

한아는 잠깐 망설였다. 엑스와 경민 사이에 존재하는 간
극을 너무나 분명히 보았고, 어쩌면 엑스의 죽음과 부재를
더이상 파묻는 건 도리가 아니지 않을까 고민하고 있던 차
였다. 만약 경민이 전혀 다른 얼굴과 이름으로 돌아온다 해
도, 다시 알아보고 사랑할 수 있을 거라는 확신도 생겼는
데……

그러나,

"우린 빚을 졌으니까. 그래, 그럴게."

한아는 경민을 대신해서 대답했다.

"이미 소원을 세 개 들어줬으니까, 이번 부탁은 들어주지
않아도 좋아. 100분의 1초라도, 키스해주지 않을래?"

한아는 머리카락이 쏟아져내리지 않도록 한 손으로 붙들고 고개를 숙여 짧게 입을 맞추었다. 아무것도 느껴지지 않았다. 엑스의 입술은 거기 없는 것 같았다.

마침표 같은 키스.

그게 끝이었다. 엑스는 그날 저녁에 죽었다.

47

돌, 아, 와.

한아는 옥상에 서서 입 모양으로 말했다. 경민은 어디에 있는지 전화 통화가 되지 않았다. 짠돌이가 로밍을 제대로 하지 않은 게 분명했다. 망원경은 가지고 갔을 것이기 때문에, 한아는 어느 방향에서 보고 있을지 모를 경민을 위해 차례차례 방향을 바꿔가면서 메시지를 보냈다. 벌써 몇 시간째였다.

"돌아와, 이 멍청아!"

보다못한 유리가 아예 소리를 질렀다.

"소리는 안 들려."

"아는데 답답하니까."

"벌써 5일이나 지났는데 어째서 돌아오지 않는 거지? 이 제 다 끝났는데."

한아는 이해할 수 없었다. 엑스의 임종을 지킨 건 한아보 다도 경민의 의지였다. 그런데 어째서 돌아오지 않는 걸까.

"야, 정확히 끝난 건 아니지. 지하실에 시체가 누워 있는 데 어디가 끝난 거냐?"

엑스의 시신은 여전히 거기 있었다. 다행히 소형 우주선 에 냉각 기능이 있어서 꽉 닫은 채 보관할 수 있었다. 한아 는 엑스가 죽은 후 바로 우주선을 닫았고, 다시 열지 못했 다. 두꺼운 창 너머로 얼핏 비치는 엑스는 더이상 수축하지 않는 듯했지만, 한때 그토록 한시도 제자리에 머물지 않던 몸이 완전히 멈춘 채 남아 있는 모습은 보기 힘들었다.

"계속 저렇게 두는 건 도리가 아니지 않겠니?"

유리가 재촉했다. 유리는 겉으로는 괜찮아 보이지만 너무 많은 걸 겪은 친구 대신 자신이 강해져야 할 때라는 걸 알았다. 강해짐의 의미가 시신 유기 감행이라 하더라도 말이다. 어쩌 다 이렇게까지 된 걸까, 입속으로 중얼거렸지만 그뿐이었다. 유리는 마음을 다잡은 후 한아를 끌고 지하실로 향했다.

"생각보다 간단한데? 설명이 잘되어 있네."

얼리 어답터인 유리는 능숙하게 우주선의 설명서를 읽었

다. 경민이 꼼꼼하게 정리해둔 것이었다. 우주선은 50미터 안팎을 물위에서 질주하면 날아오를 수 있다 했으며, 심지어 활주로로 쓸 만한 후보 장소 다섯 곳까지 부록으로 첨부되어 있었다. 민간 공항이나 군 관제소의 레이더 범위를 적절히 벗어난 해안가나 호숫가들이었다.

"꼭 이런 일이 있을 걸 알고 있었던 것처럼 준비해놨네."

한아의 머릿속에서 불안이 점점 커져갔다.

"이거 원래 탈출용으로 남겨둔 거였잖아. 꼼꼼한 성격이니까 혹시 자기한테 무슨 일이 생길까봐 만들어놓은 거겠지. 엉뚱한 생각 하지 마."

"근데 왜 오지 않아?"

"경민씨도 이런저런 생각들 정리 좀 할 필요가 있지 않겠어? 이런 시기를 거치며 또 단단해지고 그런 거지."

유리는 한아의 불안이 옮아오는 걸 느끼며 평소보다 더 확고한 목소리를 내려 노력했다. 모든 준비를 마치고, 자연스러운 핑계를 대고 빌린 트럭에다가 우주선인지 관인지 모를 것을 싣는 일도 수월하게 끝났다. 위층에서 한아에게 두꺼운 니트를 가져다 입히고 마스크를 씌웠다. 일이 잘못될 경우 CCTV 같은 데 찍히면 곤란했다. 미세먼지 수치가 나쁜 날이어서 전혀 이상해 보이지 않았다. 스스로도 점퍼를 끌어올려 얼굴을 최대한 가렸다.

"리스트에 있는 곳 중 제일 가까운 데로 가자. 지금 출발하면 어두워질 때쯤 도착할 거야. 성수기도 아니니 사람도 없을 거고."

한아는 평생 큰 차를 몰지 않을 거라 생각했기 때문에 2종 자동 면허였다. 유리도 큰 차에 대한 로망은 없었으나 혹시나 몰라 1종을 따둔 게 다행이었다. 유리는 낯선 트럭을 조심스럽게 운전하며 속으로 경민 욕을 했다. 돌아오기만 해봐라.

찾아간 곳엔 아무도 없었다. 수상 레포츠 시설도 휴업중이었고, 식당들은 폐업한 듯했다. 한아는 그것이 다행이면서도 황폐한 마음속을 닮은 풍경이라는 생각을 했다. 트럭 턱에다 바나나킥을 까서 펼치고, 칭다오도 한 병 땄다.

"뭔데 이거? 제사상이니?"

유리가 어이없어 했다.

"아, 뭐, 평소에 좋아하던 거라도."

한아가 넋을 놓은 듯 말했기 때문에 유리는 구색을 맞춰주기로 했다. 맥주병을 들고 시원하게 마신 후 건배했다.

"생전에 늘 미워해서 미안해요. 다음에 다시 만나게 되면…… 그때도 싫어할 것 같으니까 제발 비슷한 구석에서 태어나지 맙시다. 우리 한아랑도 마주치지 말고요."

유리는 여느 때처럼 솔직했다.

"다음번에는 속하게 된 곳을 더 사랑할 수 있거나, 아니면 함께 떠날 수 있는 누군가를 만날 수 있다면 좋겠어. 여기도 아니고 나도 아니었지만, 다음번에는 꼭."

한아는 마지막 인사와 함께 어떤 부분은 차갑고 어떤 부분은 뜨거운 우주선을 쓰다듬었다. 처음 잠수함으로 이 우주선을 만들었던 경민을 떠올렸다. 우리의 사랑이 너무 많은 비용을 치른 걸까? 의도하든 의도하지 않았든? 그렇다면 더더욱 돌아와야 하지 않아? 한아는 목소리를 내지 않고 입술로 말했다.

우주선을 수면에 띄우고 간단한 외부 조작으로 출발시켰다. 정확한 목적지 같은 것은 없었다. 그저 바깥으로 향하게 설정했다. 작은 우주선, 지구인으로서 가장 멀리 갔던 자의 검소한 관은 수면 위를 상쾌하게 달리다 가벼이 하늘로 치솟았다.

두 여자는 젖은 무릎을 하고 한동안 물가에 앉아 있었다. 수평선은 어둠에 보이지 않았고, 한아는 그 역시 마음속을 닮았다고 생각했다.

48

한아는 최소한의 활동만 했다. 청소년 쉼터도 회사도 이
제 여러 사람이 함께하고 있었기 때문에 누군가가 말을 걸
때만 여러 결정들에 참여하면 되었다. 사람들은 대화하다가
한아가 집중력을 잃었다는 걸 알았지만, 크게 걱정하지 않
았다. 아무도 무슨 일이 있는지 몰랐기 때문에, 몸이 좀 나
른한가보다 했을 뿐이었다. 한아는 날아다니는 먼지를 쳐다
보느라, 가끔 눈 깜박이는 걸 잊었다. 식사 대신 서랍 속의
플라스크에서 독주를 꺼내 마셨다. 그게 좋을 리 없어서 종
종 토했다. 조용하게 토하는 법을 익혔고, 유리만 한아에게
문제가 생겼다는 걸 알았다.

"너희 집안 술 문제 있다고 늘 싫어했잖아. 왜 이래, 너."

"사람이 꺾일 때도 있는 거지. 평생 뭘 보호하자고, 보호
하자고만 살았는데 파괴하고 싶을 때도 있는 거지."

"그럼 같이 꺾고 같이 파괴하자. 아이고, 내 간세포."

한아와 유리는 가벼운 술에서 걸쭉한 술, 차가운 술에서
뜨거운 술까지 가리지 않고 마셨다. 가끔 취해서 자다 깨면
해가 지는지 뜨는지 구분하기 힘들 때가 있었다.

"가게, 다시 열지 않을래?"

툭 던지듯 유리가 물었다. 한아는 잠든 척하고 대답하지 않았다. 유리는 한아가 안주나마 입에 대는 걸 확인하고, 자다가 기도가 막혀 죽지 않을 거라는 걸 확신할 수 있게 된 다음에야 귀가했다. 혼자 남은 한아는 술이 깨는 걸 싫어하며 다시 날아다니는 먼지를 구경했다. 우리는 다 먼지가 될 거야, 한아는 생각했다. 빈집에 메밀 베개처럼 누워서, 사지를 움직이지 못했다. 움직여야 하는데, 나가야 하는데, 다른 사람들에게 폐를 끼칠 수 없는데…… 머릿속이 그런 말들로 가득했지만 팔도 다리도 움직이지 않았다. 실이 끊어진 것 같았다. 한아의 우주가 점점 좁아져 이 집이 되고, 집조차 점점 한아의 안으로 말려드는 것처럼 느껴졌다. 난 아마 점이 될 거야. 먼지가 될 거야. 모든 게 의미 없게 느껴졌다.

사람들이 전화를 걸어오고, 문을 두드리기도 했지만 한아는 없는 척했다. 소라게같이 없는 척하기. 우주에는 그런 생물들이 많지 않을까 했다. 무거운 껍데기 속에 숨는, 안으로 다리를 감추는 존재들. 그중 하나가 되는 게 뭐가 그리 나쁘겠는가? 역시 식욕은 들지 않았다. 유리를 안심시켜놓고 그러면 안 되지만 아무것도 먹지 않았다.

점이 되고 점이 되다가, 죽는 걸까? 경민은 한아가 죽고 나서야 돌아오는 걸까? 그런 비극, 외계인들도 좋아하나?

그럼 넌, 나한텐 어떤 관을 만들어줄래? 난 날아오르는 관은 싫어. 어떤 관이 가장 친환경적일지 고민하다가 한아는 의식을 잃었다.

스며든 빛과 해장국 냄새에 눈을 떴다. 콩나물과 파, 버섯이 든 맑은 국물의 냄새가 집안에 가득했다.

부엌 창에서 쏟아져들어오는 역광 때문에 얼굴이 보이지 않았는데도, 한아는 그 얼굴을 똑똑히 보았다. 실 한 가닥이 움직인 것처럼 미소 지었는데도 그 미소를 똑똑히 보았다. 둘 중 어느 쪽도 먼저 말하거나 다가가지 못하다가, 경민이 먼저 그 상태에서 벗어났다. 칫솔에 치약을 근사할 정도로 적당량을 묻혀 한아에게 내밀었다.

한아는 영원히 칫솔질을 할 수 있을 것만 같았다. 매운 거품이 계속 목 뒤로 넘어갔지만 멈출 수가 없었다. 눈이 뜨거워졌다. 경민이 뒤에서 한아를 안았다. 한아는 거울로도 경민의 눈을 볼 수가 없었다.

"힘들었지?"

한아는 말 대신 거품을 뱉었다. 의문 대신 입속을 씻었다.

"분절이 있어야 할 것 같았어. 그 사람의 마지막에 내가 끼면 안 될 것 같았어. 우리가 만났을 때 너무 연속되어 있었으니까. 그게 널 오래 혼란스럽게 했으니까. 이번만큼은 제대로 분절, 마디, 매듭을 만들고 싶었어. 내가 돌아와도, 바로 그 사람 대신은 아니게. 그래도 많이 힘들었지?"

"……안 돌아올 줄 알았어."

목소리가 이상하게 들렸다. 말을 오래 안 해선지, 자주 토해서인지 알 수 없었다.

"그럴 리가."

"돌아올 거라고 믿었는데 그걸 믿는 날 믿을 수가 없었어. 믿으면서도 전혀 믿을 수가 없었어."

고장난 고래어 번역기처럼 한아가 말했다. 경민이 한아를 위로하기 위해 목덜미에 천천히 입을 맞췄다. 그러고 나서 팔을 풀고, 한아를 앞으로 돌려 다시 안았다. 돌아와서 처음 입을 맞췄다.

아, 입술이 거기 있었다.

대단한 존재감의 입술이었다. 한아는 눈을 감았고 자신의 차갑고 젖은, 치약 맛이 나는 입술에 경민의 온도 높은 입술이 닿는 걸 느꼈다. 떠나기 전보다 조금 거칠게 느껴졌고, 입술 주름들이 도드라진 것 같았다. 그게 가능한 일이라면 말이다. 한아의 모든 세계가, 경민의 입술에서부터 폭발적으로 뻗어나갔다. 다시 집이 생기고, 별이 생기고, 무한대로 뻗은 항로가 생겼다. 숨을 내쉬었다. 우주적인 입술이었다.

그 입술이 원래 다른 누군가의 입술을 따라 만든 모형이라는 건, 껍질뿐이라는 건 전혀 중요하지 않았다. 아무리 애를 써도 벗어날 수 없는 껍질은 언제까지나 남기 마련이었다. 지구와 은하계와 이 차원을 넘어선다 해도 분명 알 수 없는 세계가 더 큰 바깥벽으로 존재할 터였다. 그러니까 결국 한아에겐 지금, 여기, 이 입술밖에 없었다. 멀리 날아온 입술. 한아를 중심으로 공전하는 입술. 떠났다가도 돌아오는 입술. 오로지 한 사람을 위해 조각된 입술. 그 감정적인 입술이 가짜라고 말할 수는 없었다.

"매듭이 지어진 거야, 이제?"

한아가 약간 뒤로 물러서며 물었다.

"응. 난 한동안 망원경을 박스에 넣을 생각이야. 다시는 널 멀리서 지켜볼 생각이 없어."

한아는 경민에게 온 체중을 실어 안겼다. 경민의 오래된 스웨터에서 먼지 냄새, 바람 냄새, 시간 냄새가 났다. 한아는 그 순간의 두 사람이 얼마나 완벽하게 꼭 들어맞는가를 가만 느끼고 있었다. 우주가 그들을 디자인했다. 재단하고 완벽한 스티치로 기웠다. 한아는 그 솜씨를 죽었다 깨도 못 따라 하리라는, 기이한 감탄에 빠져들었다.

그것은 매듭 이후, 끊임없이 이어질 달콤한 하루의 첫날. 셀 수 없을 키스 중의 첫 키스였다. 흔하지 않지만 어떤 사랑은 항상성을 가지고, 요동치지 않고, 요철도 없이 랄랄라 하고 계속되기도 한다.

우주 가장자리에서 일어나 아무도 기억하지 못할 러브 스토리의 시작이면서, 끝이었다.

에필로그

2085년, 나행히 지구는 아직 멸망하지 않았다.

하지만 경민에겐 곧 지구가 끝나려는 참이다. 한아가 임종 침상에 누워 있다. 나쁘지 않은 인생이라고 생각했기 때문에, 연명 치료는 거부했고 평생을 살아온 집에서 조용히 마지막을 보내기로 했다. 오래된 것을 좋아하는 한아였지만 어쩔 수 없을 때는 버릴 줄도 알아야 한다고 결심했던 것이다. 몸은 이미 감옥이었다. 마지막 인사를 전하고자 하는 사람들이 끝없이 한아를 방문했다. 한아는 남기고 가는 사람들이 이렇게 많았던가, 놀라워하고 기뻐했다.

모두가 돌아가고 경민은 한아의 손을 두 손으로 감싼 채 거기에 이마를 기대어 있었다. 감긴 눈꺼풀 위의 주름이 두드러졌다. 한아에게 보조를 맞추기 위해 외부 슈트를 주기적으로 리모델링해왔었다. 노인의 모습으로도 그 안에 푸르게 빛나는 젊은 사랑을 가릴 수는 없었지만 말이다. 한아는 사랑하는 배우자, 정말 흔하지 않은 이를 다정하게 보았다. 스스로의 숨소리가 지나치게 크고 버겁게 들렸다. 지금 눈을 감으면 다시 볼 수 없겠지. 한아는 애써 조금만 더 경민을 바라보려 했다.

그때 경민이 눈을 떴다. 고개를 숙여 한아의 옆얼굴에 입술을 댔다. 입맞춤인가 했지만 귓속말이었다.

"한아야, 그동안 즐거웠어."

나도, 한아가 입술을 움직였다.

"그리고 이제부터 더 즐거울 거야."

응? 한아가 움찔했다. 무슨 얘기?

"이제 네가 잠들면, 너를 이전 전문가에게 데려갈 생각이야."

이전이라니 무슨 이전인지 알 수 없었다.

"넌 우주를 잘 견딜 수 있는 아주 튼튼한 새 몸을 갖게 될 거야. 걱정하지 마. 이전되며 유실될 기억은 0.8퍼센트도 안 된대. 그 정도 유실률은 감당할 수 있잖아."

한아는 거부의 뜻을 나타내고 싶었지만 마음속의 격렬함은 미미한 신음으로 흘러나올 뿐이었다. 경민은 웃으면서 한아의 이마를 쓸었다. 다정한 몸짓이었지만 한아는 21세기 내내 이어져온 이 관계에 대해 회의를 품었다.

"그렇게 거부감을 가질 필요 없어. 생각해보면 네가 하던 일들도 비슷했잖아. 특별히 사랑스러운 것들을 부활시키는 거지. 동의한다고 말해줘."

동의하지 않으면 나한테 그런 짓 할 수 없는 거야? 한아가 눈빛으로 물었다.

"음, 사실 서류상으로는 이미 동의된 거긴 해. 기억나? 우리 결혼식 때 주례 선생님과 나중에 서류를 하나 작성했었잖아. 우주 공용어로 되어 있던 거."

한아는 기억을 더듬었고, 간단한 신고서라는 경민의 설명에 별 의심 없이 서명했던 게 기억났다. 한아의 오래된 심장이 철렁했다.

"남겨질 날 좀 이해해줘. 너 없이 어떻게 닳아가겠니."

경민의 눈에서 눈물이 떨어졌다. 한아는 그게 잘 설계된 시스템이란 걸 알고 있었지만 그 모습에는 늘 약해져버렸다. 그래도 이건 아니잖아, 이러는 게 어딨어, 이 못 믿을 외계인 같으니. 한아는 임종 침상이 이토록 억울함과 기막힘으로 넘칠 줄은 몰랐다.

"이 얘길 들으면 너도 분명 생각이 바뀔 거야."

경민이 급작스럽게 눈을 반짝였다.

"유리씨와 유리씨 남편이 먼저 가 있어. 우리가 가면 깨어나게 해놨어. 유리씨는 하루도 채 고민 안 하고 동의했다니까. 다시 만나고 싶지 않아?"

그 카드를 꺼내다니. 한아는 맥이 탁 풀려서 그대로 죽을 뻔했다. 유리가 지독하게 보고 싶었다. 먼저 세상을 뜬 지 10년이 넘은 친구가. 다소 쾌락주의자였던 동양화가는 평균 수명까지 살지 못했고, 그 충격에 유리의 남편도 곧바로 뒤를 따랐다. 아니, 그랬나? 그게 자연스러운 죽음이었나? 한아는 갑자기 헷갈렸다. 어쨌든 유리가 없는 노년은 쓸쓸했고, 경민조차 채울 수 없는 부분이 언제나 남아 있었다. 다시 만나고 싶어. 10분이라도 좋으니 수다를 떨고 싶어. 아주 쓸데없는 얘기라도 하고 싶어. 남편 욕을 하고 싶어. 남편 욕을 바가지로 하고 싶어. 미저리인지 머저리인지 모를 외계인이라고. 유리라면 분명 편을 들어줄 거야. 들어…… 줄까? 아무래도 상관없었다.

"우리 또 다 같이 있으면 진짜 재밌을 텐데. 그럼 동의하는 거지?"

죽기 직전까지 경민과 이상한 동맹 관계를 맺어 일을 꾸민 유리가 원망스러우면서도 도저히 거부할 수 없는 제안이었다. 경민의 손바닥에 빛이 들어왔고 두 사람은 악수를 했다. 한아의 손바닥에 빛이 잠깐 옮겨왔다 희미해졌다.

근데 그거 비싸지 않아? 또 엄청 빚지는 거 아냐? 한아는 지구에서의 한평생을 교통비를 갚느라 쓴 경민이 애처로워 눈빛으로 물었다.

"거짓말 안 할게. 우주가 끝날 때까지 갚아야 할 빚을 질 거야. 하지만 너도 튼튼한 몸을 얻을 거고, 같이 이것저것 해서 갚으면 되지."

경민이 웃었다. 그토록 젊은 웃음. 들키지 않은 게 기적이었다. 한아도 웃고 말았다. 웃음과 함께 호흡의 리듬이 흐트러졌다. 더이상은 버티기 힘들겠다고 생각했다. 한아는 장난스러운 눈을 한 경민을 마지막으로 보고 눈을 감았다.

심장이 마지막 걸음을 할 때, 경민이 속삭였다.

다시, 다시, 다시 태어나줘.

작가의 말

스물여섯에 쓴 소설을 서른여섯 살에 다시 한번 고치게 되는 것은 흥미로운 경험이었습니다. 과거의 자신에게 동의하기도 하고 동의하지 않기도 하며 같은 이야기를 통과해보았습니다. 점점 더 정교해지고 풍부해지는 작가가 되고 싶은 것과 별개로, 작은 사랑 이야기들에서 처음 출발했다는 것이 부끄럽지는 않습니다.

단추를 모으듯이 이름 모으는 것을 좋아합니다. 몇 명의 한아들과 마주친 적 있는데, 하나같이 멋진 여성들이어서 주인공 이름으로 꼭 써보고 싶었습니다.

경민의 이름은 어린 시절 아래윗집에서 함께 자란 아는

동생의 것입니다. 늘 감탄할 정도로 활기와 재기가 넘치는 여성의 이름인데, 어느 쪽 성에도 상관없이 쓰일 수 있는 이름이기도 해서 즐겁게 빌렸습니다. 하지만 캐릭터의 나머지 부분은 '마음에 안 들었던 친구 남자친구들의 각종 면모'를 합쳐두거나 반전한 것이었음을 밝힙니다. 어쩌면 이 책은 유리의 시선으로 쓰였을 수도 있겠네요.

주영과 유리는 아껴 마지않는 친구들의 이름입니다. 그 친구들의 빛나는 부분을 채 담지 못한 것 같아 아쉽습니다. 10년 동안 이름을 빌려줘서 고맙고, 10년 더 빌려주면 좋겠습니다.

아마 다시는 이렇게 다디단 이야기를 쓸 수 없겠지만, 이 한 권이 있으니 더 먼 곳으로 가보아도 될 것 같습니다.

2019년 여름
정세랑

지구에서 한아뿐

ⓒ 정세랑 2019

초판 1쇄 발행 2019년 7월 31일
초판 31쇄 발행 2024년 11월 30일

지은이 정세랑
펴낸이 김민정
편집 유성원 김필균
표지 디자인 김마리
본문 디자인 유현아
저작권 박지영 형소진 최은진 오서영
마케팅 정민호 박치우 한민아 이민경 박진희 황승현
브랜딩 함유지 함근아 박민재 김희숙 이송이 박다솔 조다현 배진성
제작 강신은 김동욱 이순호
제작처 상지사

펴낸곳 (주)난다
출판등록 2016년 8월 25일 제2016-000108호
주소 10881 경기도 파주시 회동길 210
전자우편 nandatoogo@gmail.com
페이스북 @nandaisart | 인스타그램 @nandaisart
문의전화 031-955-8865(편집) 031-955-2689(마케팅) 031-955-8855(팩스)

ISBN 979-11-88862-29-0 03810